Olivie
e as relíquias de
PINDORION

Gerente editorial
Roger Conovalov

Diagramação
André Barbosa

Revisão
Alessandro de Paula

Capa
Lura Editorial

Ilustrações do miolo
Wilkson Carvalho

Todos os direitos desta edição são reservados a Cristiano Martins de Oliveira.

Primeira Edição
Lura Editorial - 2021.
Rua Manoel Coelho, 500. Sala 710
São Caetano do Sul, SP – CEP 09510-111
Tel: (11) 4318-4605
www.luraeditorial.com.br
contato@luraeditorial.com.br

Todos os direitos reservados. Impresso no Brasil.
Nenhuma parte deste livro pode ser utilizada, reproduzida ou armazenada em qualquer forma ou meio, seja mecânico ou eletrônico, fotocópia, gravação etc., sem a permissão por escrito do autor.

Catalogação na Fonte do Departamento Nacional do Livro
(Fundação Biblioteca Nacional, Brasil)

Olivie e as relíquias de Pindorion / Cristiano Martins de Oliveira – 1ª Edição – São Paulo, 2021.

ISBN: 978-65-84547-24-7

1. Ficção 2. Literatura brasileira I. Título.

CDD: 869.3

---

www.luraeditorial.com.br

Cristiano Martins de Oliveira

Olivie
e as relíquias de
PINDORION

lura

Dedicatória
Às sementes, pois carregam
infinitas possibilidades.

— Por mil macacos barrigudos!...

CAPÍTULO 1

— Por mil macacos barrigudos! Saiam do meu jardim, seus pestinhas! — gritou o sr. Pantaleon, da varanda de sua casa. — Não sei onde o mundo vai parar! — resmungou consigo mesmo. — Serão eles o *futuro da nação*, Magnólia? — disse à sua esposa ao passar por ela, que veio saber o motivo dos gritos. — Então, Magnólia, nesse dia eu serei o *rei da França*. É isso que serei.

Ela, compreendendo o aborrecimento do marido, suspirou e disse: "Tenha paciência, querido! São apenas crianças!".

Ele, então, sentou-se pela milésima vez no sofá da sala, para ver se conseguiria, desta vez, assistir tranquilamente ao seu programa predileto sobre animais selvagens. Isso se a sua *pacata* vizinhança deixasse. O bairro não era grande, e ainda sobravam terrenos vazios no loteamento dos Jequitibás, onde muitas casas ainda viriam a ser construídas.

O sr. Florêncio Pantaleon tinha sido um dos primeiros a colonizar a área, ou melhor, a se mudar para o local. Na rua, havia muitas árvores e no seu terreno uma bela espécie bem frondosa, não muito alta, mas também não muito baixa, parecida com os antigos jequitibás que por ali existiram, mas um tanto quanto diferente. Suas cascas grossas e suas protuberâncias faziam-na parecer centenária, quiçá datando de uns cinco séculos. Ela ficava na parte da frente, entre a casa e a calçada. Quando construiu a casa, o sr. Pantaleon não ousou cortá-la, afinal, era perfeita para ele. Fez então, ali, um belo jardim.

— Magnólia! São esses projetos de madeireiros — esbravejou. — Plantei hoje algumas novas mudas de margaridas e antúrios e refiz as falhas do carpete de grama. Mas está difícil mantê-las... A bola de futebol do novo vizinho insiste em cair bem nas minhas flores!

— Vamos brincar em outro lugar, turma! — dizia Olivie, na rua, para seus colegas, afastando-se do local. — Sabemos que o sr. Pantaleon não é flor que se cheire. Da próxima vez, é capaz de soltar sobre nós esses macacos de que ele tanto fala.

— Pois é! — confirmaram seus amigos. — Vamos brincar de outra coisa.

— Olivie, será que ele tem mesmo macacos lá dentro? — perguntou Jacinto, espantado.

— Não sei, isso ainda não posso afirmar, mas é bom evitarmos, turma.

— O Rui, da rua de cima, disse que já viu, Olivie.

— Bom, Jacinto, eu não acredito no Rui. Você sabe como ele gosta de botar medo na gente, não é?

— Bem, é verdade.

— Está com você, Olivie! — disse um dos colegas, que encostou nele e saiu correndo. — Não pode repassar! — E rapidamente começaram uma nova brincadeira.

Para a *sorte* da família Pantaleon, Olivie Petit morava justamente na mesma rua, numa casa em frente à deles. A família Petit se mudara para aquele lugar havia pouco tempo, mas o destino já os tinha preparado apresentações inesperadas, como a ocorrida.

— Magnólia, que a nossa doce Jasmim não se misture com esse moleque... — balbuciou, enquanto observava na tevê um leão espreitando sua presa.

— Jasmim, querida! Já fez a sua tarefa da escola? — perguntou sua mãe, deixando o sr. Pantaleon falando às moscas.

— Sim, mãe! — respondeu ela, do seu quarto.

— Ok, querida! Se arrume, vamos ao mercado daqui a pouco.

"As leoas são as verdadeiras rainhas, mas os leões é que ganham a fama. A maior parte das tarefas são de responsabilidade das fêmeas. As hienas são as maiores inimigas dos leões; carniceiras, devoram qualquer coisa...", narrava o televisor sobre os animais da África.

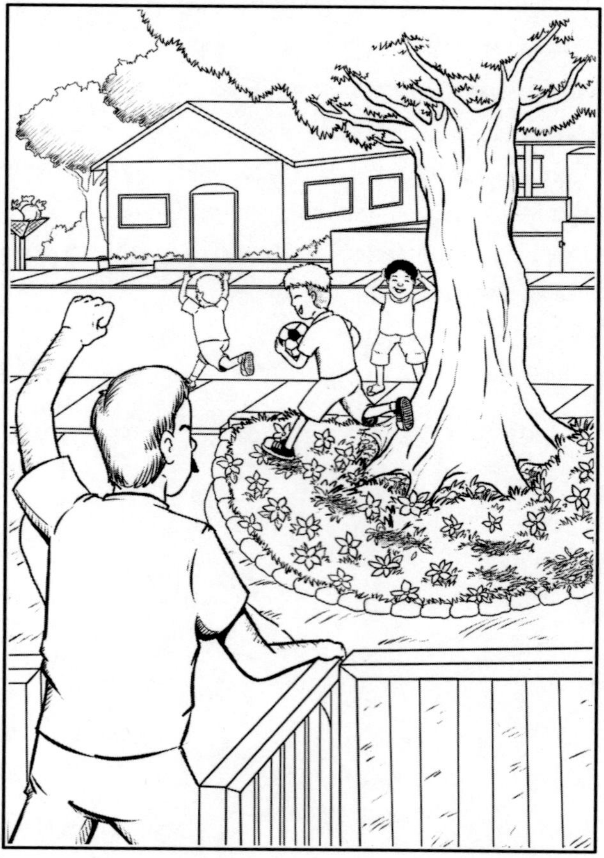

[...] Com a palma da mão ralada, encostou um pouco do seu sangue na seiva que escorria...

CAPÍTULO 2

Mais tarde, naquele mesmo dia, na rua Jequitibá-Rosa, Olivie andava de bicicleta com seu amigo Jacinto. O paralelepípedo fazia tremular aquela bicicleta remanufaturada.

— O último que chegar até a árvore da casa do sr. Pantaleon é a mulher do padre — disse Jacinto, em tom desafiador. Estava proposto o desafio.

Olivie deu meia-volta e rapidamente ajeitou sua magrela.

— Jááá! — disparou Jacinto.

Os dois pedalavam o mais rápido que podiam, rumo à sombra projetada daquela árvore sobre a rua.

Jacinto tomou a frente, mas logo foi ultrapassado por Olivie.

— Cuidado, Olivie! — advertiu o amigo.

Um carro de cor prata virara a esquina e se aproximava do garoto.

— UOU!!! — De repente, um *creck*. O cabo de aço do freio da bicicleta havia quebrado. "Ou o carro, ou a árvore, ou o jardim", pensou rapidamente Olivie, que fez voar margaridas, antúrios, grama e terra pelos ares. Pelo menos a bicicleta havia parado. Por ora, só mais um arranhão no joelho e algumas escoriações na mão.

— Você está bem? Ãh... — A garota ficou reticente até a frase ser completada.

O garoto ficou estático, todo sujo de terra e com flores na cabeça.

— Olivie Petit, Jasmim! — completou abruptamente Jacinto, que já a conhecia. — Esse é o nome dele.

— Ao seu dispor, *madame*! — retomou Olivie, aturdido, apoiando-se sobre o tronco da frondosa árvore. Com a palma da mão ralada, encostou um pouco do seu sangue na seiva que escorria. Sentiu um *tum-tum*, um pulsar estranho que parecia vir da árvore, ou não, talvez fosse somente sua mão latejando. Foi o que pensou.

— Meleca! Que treco grudento é esse? — Limpou a mão na barra da camiseta que rasgara devido ao tombo.

"Minha nossa! Um ogro francês!", pensou Jasmim.

—Você se machucou? — perguntou Magnólia, aproximando-se.

— Não, senhora, o Olivie é duro na queda! — interpelou novamente Jacinto, dando um soquinho no ar.

— Ok! Deixe-me ver. — Começou a observar o garoto. — Sangramentos? — Virou-o. — Onde dói?

A porta da sala repentinamente se abriu e era possível ouvir a tevê ao longe: "Os hipopótamos são territorialistas, vivendo a maior parte do tempo na água. Não ouse invadir o seu território, ele se tornará extremamente perigoso".

— Macacos me mordam! Meu jardim!!! — gritou o sr. Pantaleon, colocando as duas mãos sobre a cabeça ao avistar terra, antúrios e margaridas reviradas e destruídas.

— O garoto está ferido, pai! Não vê? Olhe o joelho dele!

Jacinto se calou dessa vez. Seria melhor para o amigo.

— Olivie... — disse o nome, apresentando-se. — Ai... Meu nobre senhor... — E resolveu apostar no joelho que sangrava.

— Florêncio! Vou levar o garoto até a casa dele, vá descarregando as compras do carro!

— *Tá*! Tudo bem, Magnólia! Mas, Jasmim — completou —, fique aqui para me ajudar!

— Pai, eu vou com a mãe! Eles precisam de alguém que leve a bicicleta.

— *Tá*, tudo bem, então, eu me viro aqui! Mas não vão demorar. Estão sentindo esse ar de chuva? O tempo está mudando. E você, garoto? — Jacinto ia saindo de mansinho quando, de repente, foi interpelado pelo sr. Pantaleon.

— Eu?

— Sim, você mesmo! Pegue uma vassoura e uma pá, me ajude amontoando essa bagunça enquanto levo as compras para dentro. Eu já volto.

"Ainnn! Sobrou pra mim", pensou Jacinto.

— Bom, eu tenho que ir! O tempo está mudando, como o senhor mesmo disse, e logo minha mãe virá me chamar.

— *Tá*! Tudo bem! Uma pena, pois vi que Magnólia trouxe pacotes de bolachas recheadas. Você não gosta? Jasmim ama!
— Olhou dentro de uma das sacolas. — São aquelas de recheio duplo. Pensei em dar um pacote para quem me ajudar com tudo isso.

— Bem... Acho que ainda é um pouco cedo, e acredito que dá tempo de eu terminar antes de a chuva chegar!

— Ah! Sim, certamente que sim! A vassoura está logo ali...

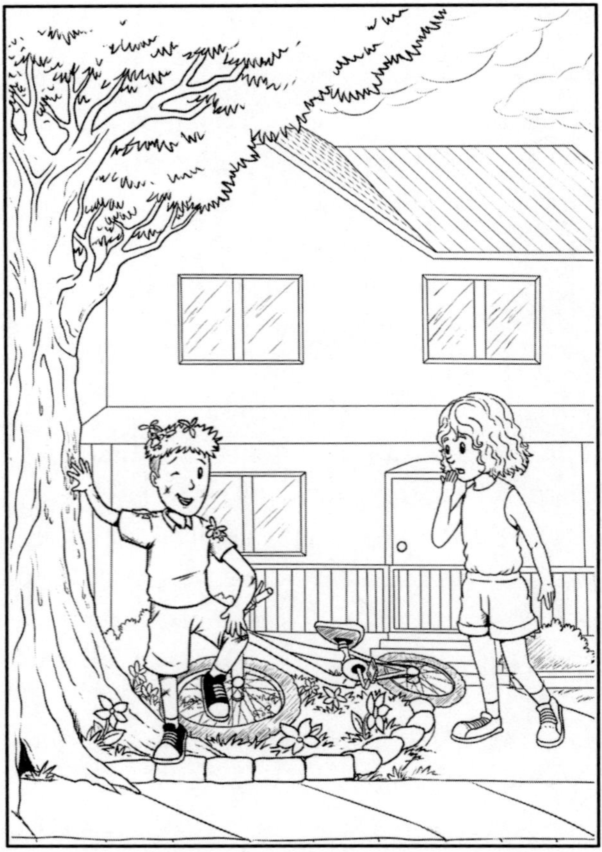

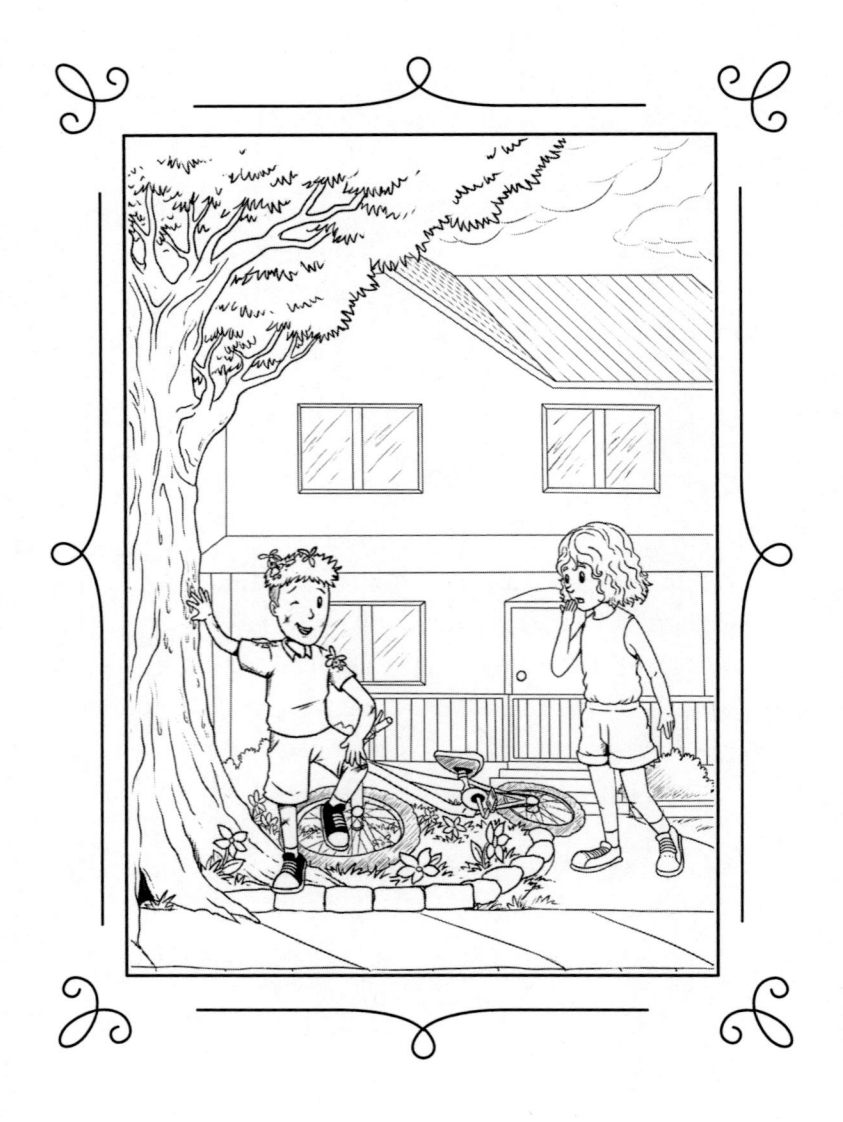

Jasmim ouviu
o chamado, mas
estava encafifada...

CAPÍTULO 3

Garoava. De repente, da árvore do sr. Pantaleon começaram a brotar botões de flores. Nasciam flores azuis, rosas e amarelas, também algumas furta-cor e carmim.

Jasmim observava da janela do seu quarto a chuva que caía. Seus pais conversavam enquanto preparavam o café da tarde.

— Então, Florêncio, a mãe do garoto é francesa, mas vive aqui desde pequena.

— Ah! Isso explica o nome dele, mas e o pai?

— O pai mora em outro lugar, eles são separados.

— Pobre garoto, isso deve explicar por que ele é tão... tão... *agitado*. Certamente ele tem algum trauma ou recebe permissões em demasia.

— Não diga isso, Florêncio! Isso não tem nada a ver. Ele é apenas uma criança.

— Ok, minha flor, já não está mais aqui quem falou. Mas que ele sempre está no meio de alguma confusão, ele está. Hum... — Florêncio ergueu o nariz e mudou de assunto ao observar o que sua esposa carregava num prato em direção à mesa. — Bolinhos de chuva!

— Sim, e passados no açúcar e na canela. Agora, vá chamar Jasmim!

— Jasmim! Querida! Venha ver o que a mamãe preparou!

— Se fosse para gritar, eu mesma gritava daqui, Florêncio.

Jasmim ouviu o chamado, mas estava encafifada com as flores que surgiam magicamente do misterioso jequitibá. Notou que a chuva havia dado uma trégua, e fixou um pouco mais o olhar antes de sair. Em seguida, foi para a cozinha.

— Pai, mãe, a árvore do jardim está florindo!

— Impossível! — disse o pai da garota. — Não há sinais de floração, e muito menos estamos na primavera.

— Pois é, pai, mas está. Pode conferir com seus próprios olhos.

Magnólia caminhou até a janela para ver do que a filha estava falando.

— Florêncio! Que flores maravilhosas! Veja!

O sr. Pantaleon tossiu, surpreso, quase se afogando com o café com leite. Todos saíram para ver de perto aquele fenômeno. O chão ainda estava alagado e o céu nublado.

— Que interessante! Nunca vi essa árvore dar flores desse jeito — disse Florêncio, que se aproximou e apanhou algumas. — Deve ser o novo adubo que utilizei no jardim e, olha, não sei por que ela está soltando tanta seiva assim. — Encostou o dedo no líquido cor de caramelo-escuro.

TIQUE-TAQUE

Estranhamente, pensou ter ouvido um tiquetaquear de relógio. Olhou ao seu redor, mas nada vendo, ignorou.

— Magnólia, vou colocar essas flores num vaso.

— Florêncio, vão ficar lindas na sala.

BRUUUUUM! – Um relâmpago seguido de um trovão rasgou o céu.

— Opa! Mãe... — disse Jasmim, olhando assustada para as nuvens escuras. — Acho que dessa vez vai cair um pé d'água.

— Pois é! Vamos entrar, Florêncio.

— Olha a chuva, gente, vamos... — E todos correram para dentro, enquanto a chuva tornava a cair em pingos grossos e inundantes.

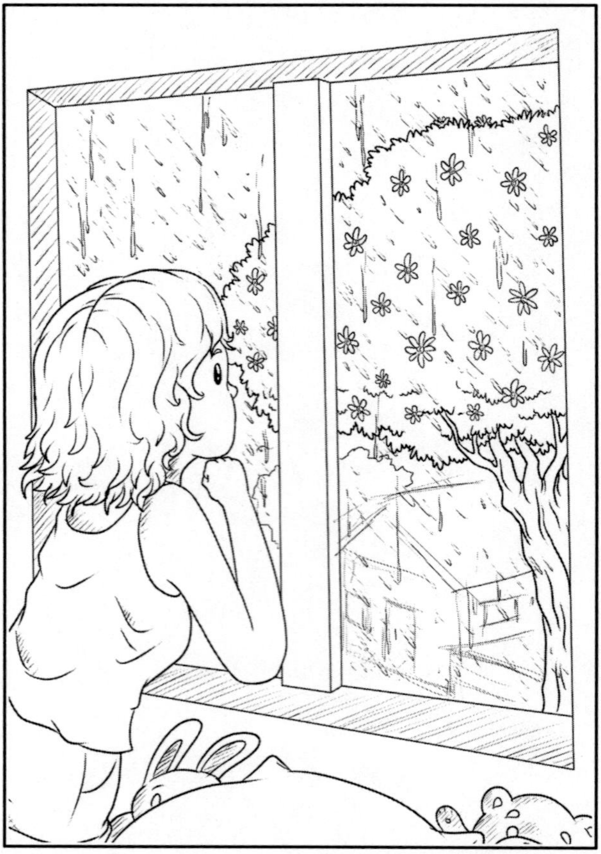

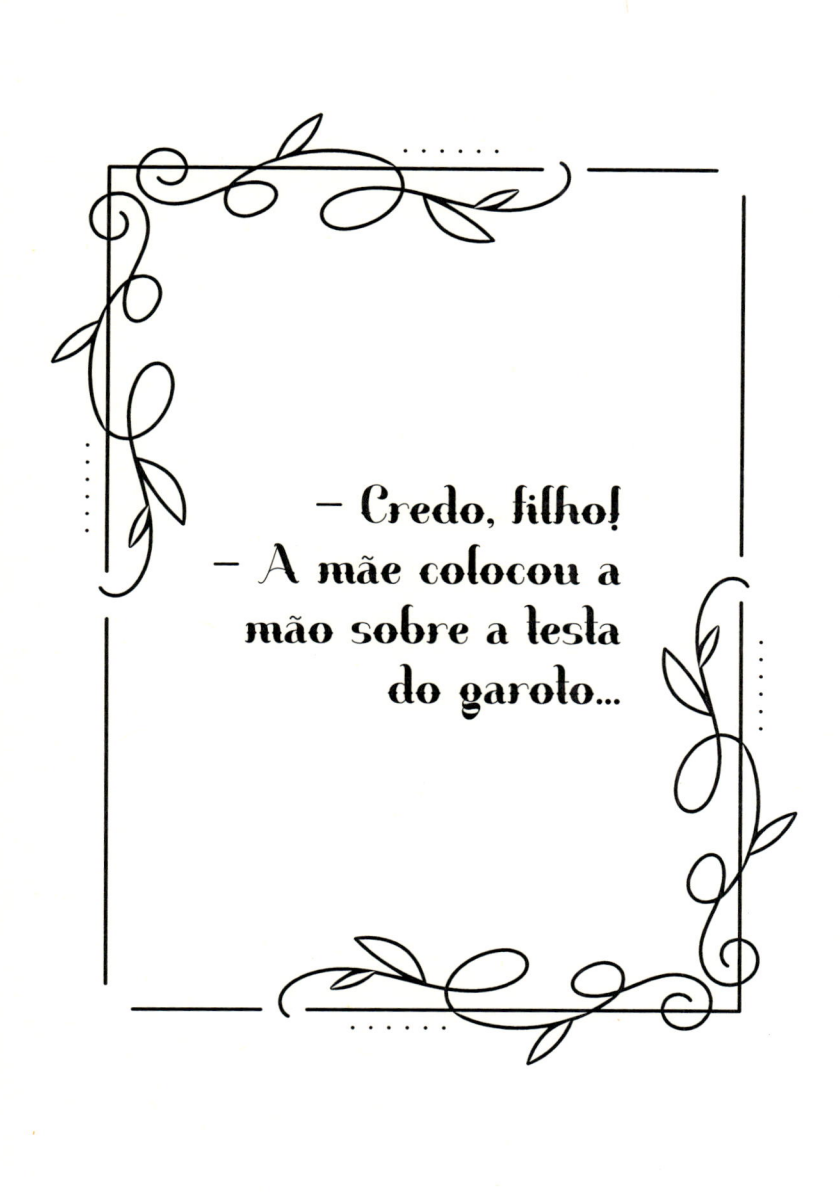

— Credo, filho!
— A mãe colocou a mão sobre a testa do garoto...

CAPÍTULO 4

Olivie tentava tirar um cochilo antes do jantar, mas os clarões dos relâmpagos não deixavam. Levantou-se para fechar as cortinas, quando algo na rua chamou sua atenção, fazendo-o debruçar-se sobre o parapeito da janela do quarto. Chovia torrencialmente. As árvores balançavam de um lado para o outro, o vento zunia e os trovões eram assustadores. A noite escura era clareada pelos relâmpagos. Na sarjeta da rua, a água corria com força, transformando-a num rio.

— E os machucados, meu filho? Você está melhor? — perguntou a sra. Petit ao perceber que o garoto estava acordado. Não se sabe como ela o viu levantar. É como dizem, as mães parecem ter olhos na nuca.

— Sim, mãe. Estou, sim. Como disse o Jacinto, eu sou duro na queda — respondeu do quarto.

— Ah! Sim, acredito — disse a sra. Petit, já na porta do quarto. — E o que você tanto observa dessa janela, Olivie?

— Nada, mãe, só estou pensando aqui... Mãe, as árvores têm sangue?

— Que eu saiba, não como o nosso, mas a seiva delas é como se fosse.

— Interessante... É que hoje, quando toquei na árvore do sr. Pantaleon, eu senti como se algo pulsasse. E agora, ela está em flores. Venha ver, mãe, tem até algumas fluorescentes.

— Credo, filho! — A mãe colocou a mão sobre a testa do garoto, para ver se ele estava com febre, mas a temperatura estava normal. — Onde você vê flores fluorescentes? — perguntou a mãe, olhando pela janela.

— Ali, mãe!

A sra. Petit cerrou os olhos, procurando pelas flores brilhantes.

— Não vejo nada, meu filho... Amanhã mesmo vamos ao médico, *tá*?

— Mas eu estou bem, mãe, eu nem bati a cabeça.

— *Tá*, tudo bem, chega desse assunto de árvores por hoje. Ah! E, por favor, evite jogar bola próximo à casa do sr. Pantaleon. A sra. Pantaleon me contou algo sobre um jardim do qual ele vem cuidando. Prometa que não vai mais se meter em confusão, Olivie.

— Ok, mãe, eu prometo — disse ele, levantando a mão direita. — Vou fazer o máximo que puder. Só que, quando percebo, já estou encrencado.

— Confio em você, Olivie. Amanhã chame o Jacinto, ou a Jasmim, e brinquem com algum jogo de tabuleiro aqui em casa, acredito que seja melhor. Agora vamos jantar. Preparei o seu prato predileto, macarrão ao sugo.

— Oba, mãe! Obrigado.

A chuva ora amenizava, ora ficava forte. Os ventos continuavam e as árvores se contorciam. De repente, um apagão.

— Puxa vida, Magnólia, não encontro a minha lanterna! — gritou o sr. Pantaleon, revirando as gavetas do quarto.

— Deve estar na sua caixa de ferramentas, Florêncio, foi lá que eu a vi pela última vez — gritou Magnólia da cozinha. — Bem, aqui tenho algumas velas que vão ajudar a iluminar a casa.

— Ai, mãe, não gosto desse escuro — disse Jasmim.

— Não se preocupe, querida, logo a tempestade vai passar e tudo vai ficar bem.

CABRUUUUM

Olivie e a mãe já haviam terminado o jantar e estavam conversando na sala quando a energia acabou.

O vento zuniu, fazendo um som fantasmagórico.

— Mãe, o que foi isso? — perguntou o garoto, tirando os dois pés do chão e encolhendo-se no sofá.

— Nada demais, Olivie, apenas a energia e o vento. Fique aí. Vou acender uma vela. A claridade não é muita, mas dá para a gente se virar.

De repente, um barulho metálico soou ao longe, seguido de um grito de dor.

— Mãe, você ouviu isso?

— Sim... Parece que veio da casa do sr. Pantaleon.

Enquanto isso, na casa dos Pantaleon...

— Ai, minha canela! — balbuciou Florêncio, que havia tropeçado em algo na garagem. Era a sua caixa de ferramentas.

— Magnólia, encontrei a minha lanterna!

— Pai, que barulho foi esse? — Jasmim se aproximou clareando o caminho com a vela, sua mãe vindo em seguida.

— Machucou-se, Florêncio?

— Não. Não foi nada, gente. Estou bem. Não estava conseguindo ver nada nesse breu. Bom, ao menos encontrei o que procurava. Tome, Jasmim. Fique com esta lanterna. Eu fico com a sua vela.

— Bem melhor! Obrigada, pai.

— Agora, ajudem-me a guardar essas ferramentas, por favor.

De volta à casa dos Petit...

— Bom, Olivie, pelo jeito só nos resta ir dormir. Pegue esta vela e vá escovar os dentes.

— Pois é! Sem eletricidade fica difícil. Não se pode fazer nada. Só nos resta esperar a tempestade passar. Ah! Mãe, você acha que o sr. Pê pode ter macacos enjaulados em casa?

— O sr. Pantaleon? — A sra. Petit sorriu. — Acredito que não, meu filho. A sra. Pantaleon provavelmente não concordaria com uma coisa dessas. E depois, tem Jasmim também, que é um doce de menina. Bem-educada, não me parece que as duas mulheres seriam condizentes com o sr. Pantaleon em manter animais desse porte em cativeiro. Além do mais, se isso tivesse um pingo de verdade, ele precisaria de uma jaula enorme, espaço do qual não dispõe, até onde sei. Isso deve ser história dos seus amigos.

— Bem, mãe... Não sei, não.

— Bom, arrume-se para ir dormir! Amanhã nós conversamos mais, pois o dia hoje foi muito agitado.

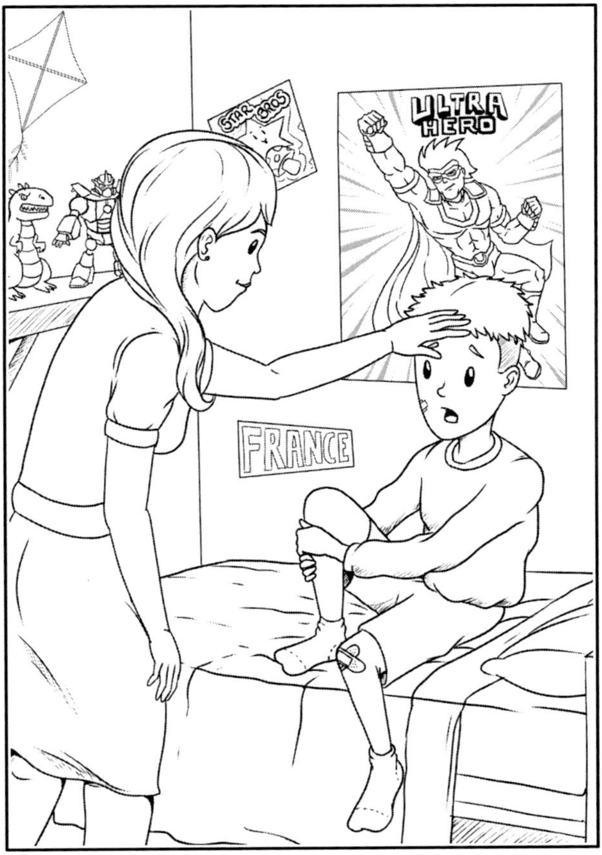
STAR BROS
ULTRA HERO
FRANCE

[...] O sr. Pantaleon desviou e observou a criatura correr para a árvore de jequitibá...

CAPÍTULO 5

Assim que os primeiros raios de sol despontaram no horizonte, o sr. Pantaleon acordou. Magnólia ainda dormia quando balbuciou algumas palavras e virou-se para o outro lado. Florêncio tentou acender a luz do corredor. Nada. "A energia ainda não voltou", pensou. O sol ainda estava meio tímido, mas a aurora já permitia certa iluminação. O sr. Pantaleon foi ao banheiro e lavou o rosto com água gelada. Passou pelo quarto de Jasmim e viu que a filha dormia tranquilamente. Voltou ao quarto, vestiu a calça social marrom que costumava usar e saiu à rua para observar quais haviam sido os estragos da tempestade da noite anterior.

A vizinhança estava silenciosa. No ar era possível sentir um cheiro metálico e úmido e a fraca neblina que pairava ainda molhava com suas gotículas. "Minha nossa, foi uma chuva e tanto", refletiu observando. "Olha essa quantidade de lixo espalhado pela rua!", constatou ao perceber a quantidade de folhas e galhos espalhados. De repente, *TINTILILIM*, ouviu um som estridente. "Que barulho foi esse?", olhou em direção às latas de lixo. O sr. Pantaleon se aproximou, um tanto quanto apreensivo.

"Calma, deve ser apenas um gato", disse para si mesmo, movendo uma das latas, de onde saltou algo.

— Credo, que nojo! Um rato! — O sr. Pantaleon desviou e observou a criatura correr para a árvore de jequitibá, embrenhando-se em algum lugar. Ele detestava ratos.

"Bom, a tarefa de hoje vai ser trabalhosa", refletiu olhando ao seu redor e correndo os olhos pelo jardim todo encharcado, pelos galhos quebrados, pelas latas reviradas, pelos sacos de lixo espalhados e pelas flores caídas do jequitibá. "Puxa vida, anos sem flores e a maioria delas, agora, no chão. E o que temos aqui?". O sr. Pantaleon notou que a seiva da árvore, que notara no dia anterior, havia parado de escorrer. Seguiu com os olhos a fenda, por onde outrora escorria o líquido acobreado, e notou que havia um buraco maior. Talvez aumentara de tamanho devido a um raio ou a alguma torção causada pelo vento. O silêncio permanecia. Ouviu novamente aquele tiquetaquear.

TIQUE-TAQUE. Olhou, então, dentro do buraco e viu que algo dourado reluzia no meio da penumbra. "Parece ser um relógio", pensou. Procurou algum objeto com o qual pudesse fisgar o aparelho e encontrou um pedaço de arame no chão. Com a língua entre os lábios, concentrado, tentava puxar para fora o suposto relógio.

— Consegui! — disse, vitorioso. Pegou o objeto e levou-o para dentro.

"Interessante...", coçou a cabeça. "LX, é o que está marcado aqui na tampa, o que será que isso quer dizer? O ano da fabricação? A marca? Bem, depois eu pesquiso. E por que as horas vão do 1 ao 24 em números romanos e não apenas até o 12, como o usual? Nunca vi um relógio assim." No aparelho havia uma pequena corrente e, na extremidade oposta, uma espécie de chave em formato de borboleta. O sr. Pantaleon logo deduziu que servia para dar corda, pois já tinha visto relógios de cordas antes, embora este fosse diferente. Girou uma, duas... E o relógio começou a trabalhar tocando uma música agradável, mas parou. Ele insistiu, agora com um pouco mais de torque. Uma, duas, três cordas, e o ponteiro menor começou a girar com força. "Puxa! Deve estar quebrado!", pensou.

Havia na sala uma mesa de centro e, nela, um vaso com as flores do jequitibá colhidas por Magnólia. De repente, quando os dois ponteiros se encontraram, as flores começaram a flutuar. O sr. Pantaleon estava de costas, virado para a mesa do telefone, entretido com a engenhoca que tocava feito uma caixinha de música, quando sentiu que algo se aproximava. Ele se assustou, e esfregava os olhos, não acreditando no que via: as flores pairavam no ar bem à sua frente. Mas antes que pudesse pegar uma, a melodia cessou e um clarão iluminou a sala.

Jasmim, que acabara de acordar, conseguiu ver somente raios de luz no corredor que ligava os quartos à sala.

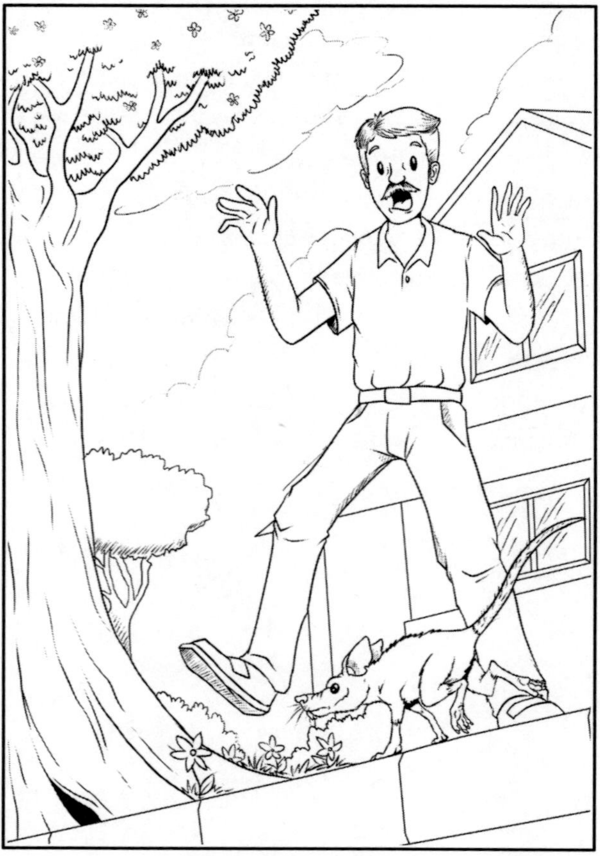

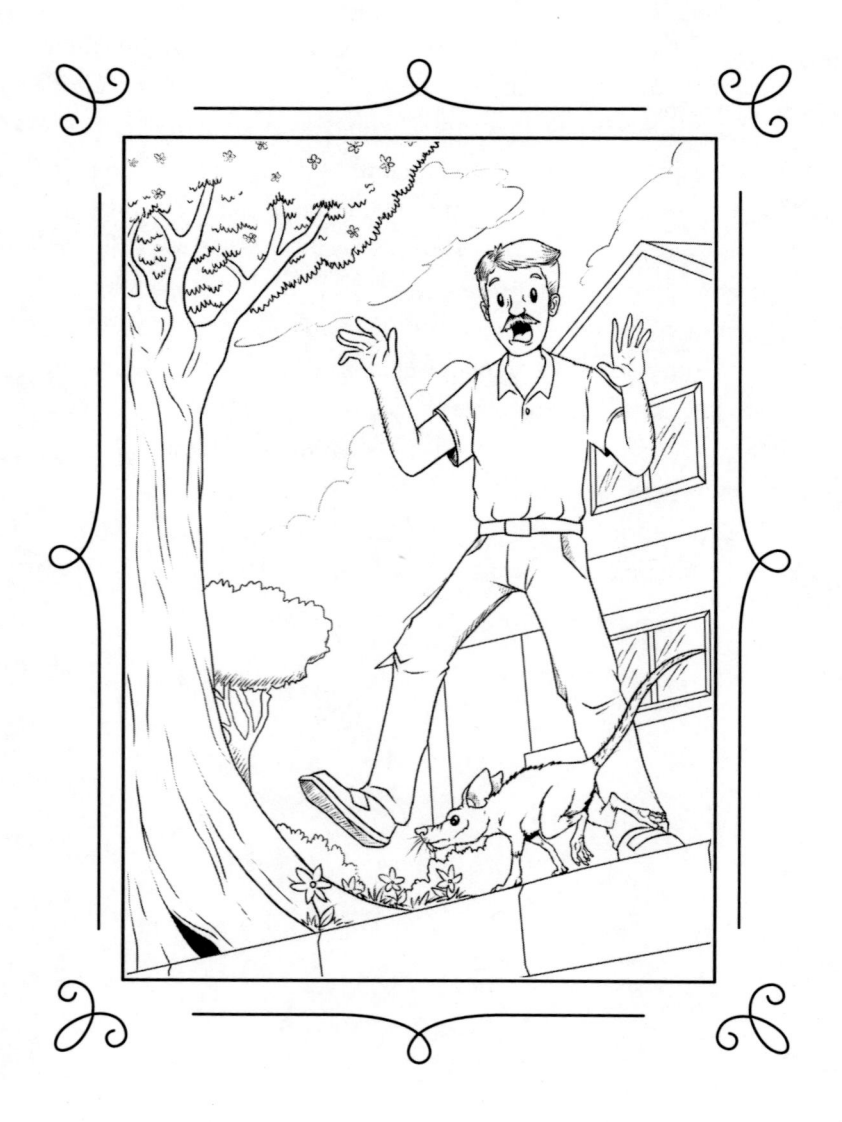

— Quem é você?
O que quer dizer?
Não entendo!...

CAPÍTULO 6

Era de manhãzinha. À sua frente, um pequeno vilarejo cercado por troncos. Ao longe se via uma grande torre e um relógio enorme. Com 24 horas em números romanos, o relógio podia ser visto dos quatro cantos daquele misterioso lugar.

— Pelos bigodes do mandril! Onde estou? — disse Florêncio, olhando para os lados, atordoado, enquanto o portão de madeira daquele vilarejo se abria e figuras antropomórficas de baixa estatura, usando capuzes marrons, se aproximavam.

— Bem-vindo a Pindorion — disse Alana, uma anã aparentemente magra, cujo cabelo platinado aparecia sob o capuz somente em parte. — Eis que o tempo corre e aqui se vive como pode. Quanto mais o tempo passa, a vida ele disfarça. Mas não adianta se esconder, ele já sabe de você.

— Quem é você? O que quer dizer? Não entendo! — exclamou Florêncio, um tanto quanto atordoado e incrédulo.

— Nós somos a resistência, fomos presas aqui pelo Relojoeiro — respondeu Alana, serenamente.

— Mas, senhora, como faço para voltar para casa? Tenho esposa e filha que precisam de mim.

— Afastem-se dele! — interrompeu, de forma ríspida, uma voz que abria caminho atrás do pequeno círculo de anãs. Caminhando com o auxílio de um bastão, era Violante, a pessoa que estava naquele lugar havia mais tempo. — Ele não é um de nós — disse ela, com sua voz gutural, apontando-lhe o dedo em riste. — Não veem? Logo se transformará num deles! Que ele corra, ou será tarde demais!

— Tarde demais para quê? – perguntou ele, aflito.

— Nós não podemos fazer nada, mas você pode. O senhor é um adulto. Os adultos podem tudo — continuou ela, segurando sua bengala com o que restava de algo não identificável envolto numa espécie de resina, enfeitando-a como uma relíquia.

— O senhor quer voltar para casa? — retomou Alana, com sua voz serena, respondendo à pergunta que havia lhe sido feita antes da interrupção de Violante. — Só uma chave é capaz de abrir a porta por dentro, mas você precisa descobrir, pois onde está o seu tesouro, aí estará seu coração. Talvez a força bruta não seja a solução. Então a torre cairá e tudo, como foi, será.

— Ai, meu sagui anão! A senhora poderia falar sem charadas?

— Infelizmente não se pode, quando o assunto é sobre como sair daqui, pois as árvores têm ouvidos — interpelou Violante. — Venha comigo, vou lhe mostrar...

E todos acompanharam a mais experiente das anãs até o interior da vila, na praça central.

— Veja! Eis o último que disse com clareza como nos libertar deste mundo.

— Uma estátua de jardim? — balbuciou Florêncio, espantado.

— Certamente, para John, foi um triste fim — confirmou Violante, cabisbaixa. — Ele foi um dos primeiros amigos que fiz neste mundo.

— Pobre garoto... Mas acho que entendi. Preciso encontrar algo que não sei o que é para derrotar algo que também não sei o que é. E só saberei quando meu coração indicar.

— Exatamente! — disse Alana, esperançosa.

— Ai! — resmungou o sr. Pantaleon, colocando a mão sobre o estômago.

As anãs olharam-se misteriosamente, como se soubessem de algo.

— Será que está começando ou é apenas a vertigem da diferença entre mundos? — comentou Alana com Violante.

— Não sei, minha amiga, mas precisamos ser rápidas.

— Desculpe-nos, senhor... — começou Alana.

— Florêncio Pantaleon — completou ele.

— Sr. Pantaleon, vamos lhe preparar um pouco de chá de pindorion. Talvez se sinta melhor. Assim poderá começar a sua jornada.

— Desconheço esse chá, mas agradeço a hospitalidade.

— Vamos! - exclamou Violante, ignorando a recusa de Florêncio.

Após os devidos cuidados, as anãs preparavam tudo para a partida do sr. Pantaleon.

— Bem, senhoras... Obrigado pela receptividade, acredito que deva começar a minha jornada. Preciso sair o quanto antes deste lugar.

— Certamente, sr. Pantaleon... Quitéria! — disse Violante para uma das senhoras encapuzadas. — Traga a bolsa com víveres e armas para este nobre desbravador.

Quitéria rapidamente pegou tudo o que julgou necessário, embora não dispusessem de tantos recursos assim.

— Boa sorte, sr. Pantaleon – diziam as anãs.

— Abram o portão! — gritou Violante. — Agora vá! — disse ela, entregando-lhe a bolsa. — Já conversamos demais, e o tempo aqui não é nosso amigo.

— Vá e tome cuidado com os górgulas — advertiu Alana.

— Mas como saberei quem são eles? — indagou Florêncio, preocupado.

— Saberá quando vir um deles, sr. Pantaleon, mas torça para que isso não ocorra — respondeu ela.

— Você é um adulto — disse Violante —, saberá o que fazer. Os adultos sempre sabem tudo.

— Certamente que sei, mas e vocês? Não deveriam saber mais do que eu, já que são idosas?

— Idosas? — pestanejou Violante. — Nós nem sequer fomos adultas!

As anãs encapuzadas riram.

"Nunca foram adultas", caminhava reflexivo o sr. Pantaleon. "Povo maluco! Algumas aparentam ser centenárias, até senti o cheiro de cânfora. Como nunca foram adultas? Apesar de não terem tirado os capuzes, percebi pelos seus gestos, suas mãos e seus cabelos em tons platinados. Bem, agora preciso achar a saída desse lugar."

— Alana, será que ele conseguirá efetuar a tarefa?

— Bem, minha amiga Violante, ele é nossa esperança. Mas não sei, os adultos são incrédulos, complicam demais as coisas e não são capazes de enxergar, mesmo que as coisas estejam à sua frente.

De repente, ouviram o soar de uma trombeta.

— Escute! — disse Alana. — Saíram para procurar mais escravos e fiscalizar o jardim.

— Sim, Violante, vamos nos abrigar!
— Tranquem o portão, meninas!

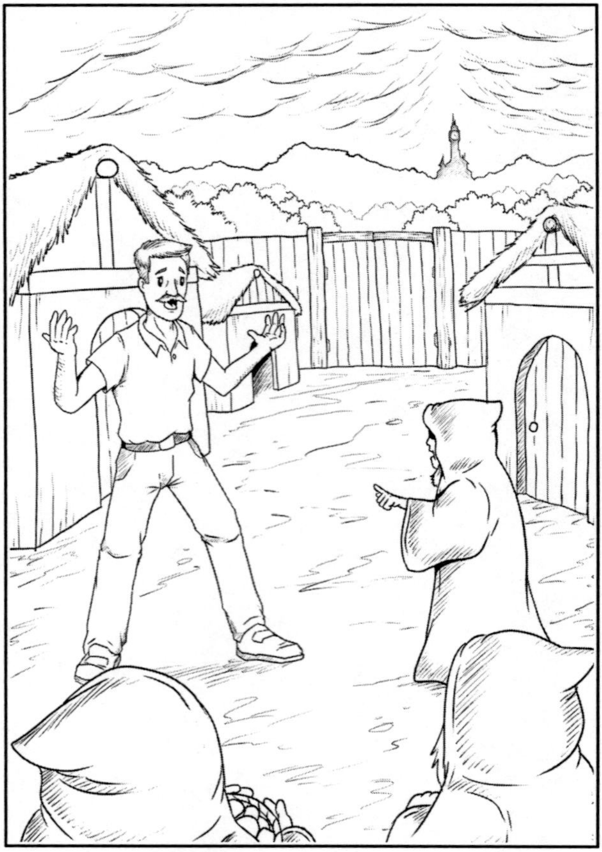

— Tome cuidado, Olivie!...

CAPÍTULO 7

Magnólia acordou sobressaltada com os gritos de Jasmim. Saiu do quarto meio cambaleante em direção à sala.

— O que houve, querida? Por que está chamando pelo seu pai? — perguntou ela, ainda sonolenta.

— Mãe! Eu só vi um clarão na sala, e antes disso ouvi uma música parecida com aquelas de caixinha de música. Quando cheguei à sala, o pai não estava mais lá, só encontrei isto no chão.

— Um relógio antigo?

— Sim, mãe, acho que isto aqui puxou o pai para dentro!

— Calma, Jasmim! Não pode ser. Vamos pensar... Acho que o seu pai foi sequestrado — disse, aflita. Estava em pedaços por dentro, mas não quis demonstrar todo o desespero por causa de sua filha. — Vamos avisar à polícia e procurar pela vizinhança, logo o seu pai estará de volta. Faça alguns cartazes para pendurarmos pelo bairro... As primeiras 24 horas são cruciais!

Olivie tomou o café da manhã e foi chamar sua nova amiga para brincar, decidido a não se meter mais em confusão. Separou um jogo de tabuleiro e foi até a casa do sr. Pantaleon.

— Nossa, que bagunça! — disse ele, com sua voz esganiçada, ao ver que havia muita coisa espalhada pelo jardim devido à chuva.

"Estranho o sr. Pantaleon não estar aqui resmungando e arrumando as coisas." Passando em frente ao pé de jequitibá, lembrou-se de que, na noite anterior, algumas flores cintilavam. Olhou para o jardim e procurou-as no meio das folhas e galhos caídos, e realmente, algumas estavam lá, caídas, mas ainda cintilantes aos seus olhos.

"Piso ou não piso?", pensou Olivie. Embora o jardim não estivesse organizado, havia prometido para a mãe que não se meteria mais em confusão, e ela já o havia advertido sobre esse jardim e a conversa com a sra. Pantaleon.

Apanhou uma pedra e a jogou no gramado. Silêncio. Colocou a ponta do pé direito. Nada. Olhou para os lados e nada ainda. Então saltou com os dois pés para dentro do jardim e pegou, rapidamente, algumas flores. "Bom", pensou ele, "vou colocar no álcool para ver se consigo extrair essas cores sensacionais, mas não posso falar com Jasmim com elas nas mãos, pois entregaria onde estive, e o sr. Pantaleon poderia me prender na jaula com os macacos dele." Então, guardou-as no bolso da bermuda. Limpou a mão na camiseta e voltou para a calçada de cimento que dava para a porta da casa dos Pantaleon.

— Jasmim! — chamou. — Jasmi-im! — chamou ele, novamente.

De repente, uma voz lacrimosa.

— Entre, Olivie, a porta está aberta.

O garoto abriu lentamente a porta, que rangia. Não tinha ninguém na sala. No cômodo havia uma janela que dava para os fundos do quintal. Olivie não podia perder a oportunidade de verificar a existência de uma jaula por lá, ou quem sabe até de ver os tais símios. Rapidamente debruçou-se sobre o parapeito e colocou a cabeça para fora. Realmente havia uma grande jaula, recoberta por uma tela, mas não chegou a ver nenhum macaco.

— Pois não, Olivie? Você também gosta de pássaros? Florêncio fez um viveiro enorme para eles. É lindo não, é? — perguntou a sra. Pantaleon, que veio até o garoto com sua filha a tiracolo, mantendo-se firme e consolando Jasmim.

— Bem, é sim — Corou ele. — Desculpe. Vim chamar Jasmim para brincarmos, mas o que houve?

— Meu pai, Olivie, ele sumiu! — disse a garota, em prantos.

"Então foi isso", pensou, encontrando a resposta para sua indagação sobre o silêncio e o jardim. Deixou o jogo de tabuleiro sobre a mesinha de centro.

— Calma, Jasmim, logo ele vai aparecer.

— Não sei, Olivie. A não ser que você saiba como tirá-lo dali — disse reticente, apontando para o relógio que estava em cima da mesinha do telefone.

"Um relógio?", pensou o garoto, aproximando-se para pegá-lo.

— Tome cuidado, Olivie! — advertiu a garota.

— Mas o que pode ter nesse relógio? — relutou, fechando a mão antes de pegá-lo. "Querido, prometa que não vai mais se meter em confusão", lembrou-se da conversa com a mãe. Mas Olivie, ao ver Jasmim resfolegando, voltou-se para o objeto e o apanhou. — Não está funcionando?! — perguntou ele, enquanto sacudia o mecanismo e olhava para Jasmim ao mesmo tempo.

Observou que algo encaixado no aparelho poderia ser uma chave. Deu um torque. Nada. Deu dois. Nada. Deu o terceiro. Uma agradável melodia começou a tocar.

— Cuidado, Olivie! Foi essa música que... — Jasmim nem mesmo havia terminado de falar, quando um clarão apareceu. A sra. Pantaleon olhou espantada. Olivie acabara de desaparecer.

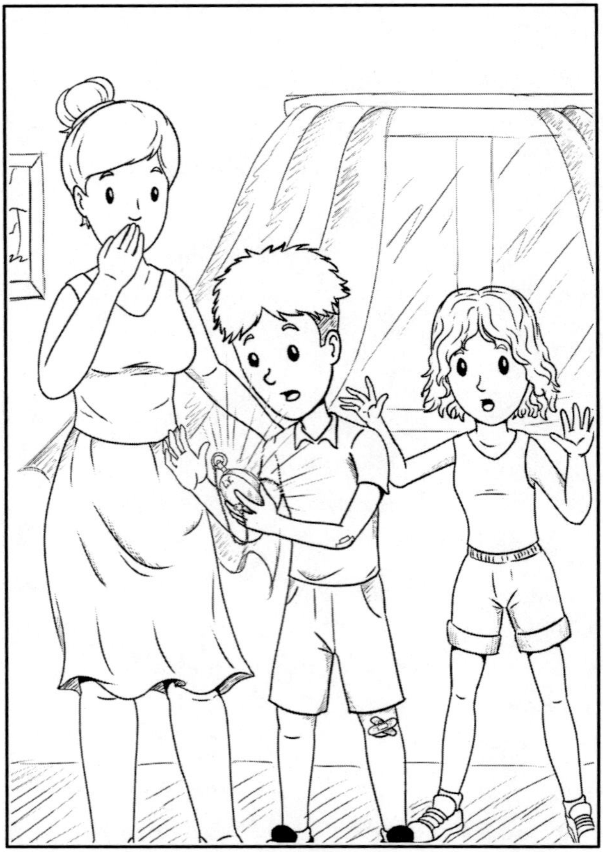

[...] Olivie fixou
o olhar, pois
estava curioso...

CAPÍTULO 8

— Onde estou? — disse Olivie, olhando ao redor. — E que cheiro de cânfora é esse? — Estava repentinamente na praça de alguma cidade desconhecida. À sua volta surgiam as misteriosas anãs encapuzadas de cabelos platinados.

— Você está no aqui e no agora, é o que basta por ora... — Alana o recebeu falando suas frases incógnitas. Sua função era ser a oradora do grupo, e assim passou a proceder depois que John fora transformado em estátua.

— Como faço para sair desse lugar? — perguntou Olivie, preocupado. — A propósito, vocês viram um senhor por aqui hoje? Provavelmente, o que aconteceu comigo, aconteceu com ele mais cedo.

— Calma, rapazinho! Vamos devagar, faça a pergunta correta para a melhor resposta encontrar. Para sair deste mundo, e a todos salvar, é dentro de si que a resposta vai encontrar. Já sobre um senhor, passou por aqui um rabugento, só não sei se no *hoje* do seu momento, pois aqui diferente se conta o tempo. E, de certo, que Pantaleon ele era, pois só dizia que esse mundo era uma quimera.

— Abram caminho, meninas! — ordenou Violante, aproximando-se do garoto. — Meu caro, você pode até tentar sair daqui, mas ninguém jamais conseguiu. Todavia, se quiser ficar conosco... Temos muitas frutas e água fresca.

Um pouco do cabelo em tom azulado de Violante deixou-se transparecer. Era a única do grupo que aparentava esse tom, os das demais eram todos como a prata. Olivie fixou o olhar, pois estava curioso para ver além de parte do seu rosto na penumbra causada pela vestimenta. Rapidamente, ela puxou o capuz sobre a face, escondendo-a ainda mais.

— O quê? Então vocês não têm hambúrgueres, nem batatas fritas?

— Bife de Hamburgo, você quer dizer? Se for, não temos. E batatas? Temos somente cozidas. Se quiser se juntar a nós, fique à vontade, mas se resolver sair, cuidado com os górgulas.

— Górg... O quê? — disse Olivie, arregalando os olhos.

— Górgulas! — interpelou Alana, com sua voz macia. — Eles andam por aí procurando crianças e recém-chegados, para que sejam em escravos transformados.

— Mas como eles são?

— Criaturas horripilantes e fétidas — respondeu Violante. — E quando ouvir o barulho de uma trombeta, procure abrigo imediatamente, pois significa que eles saíram para a caçada. Bom, vejo que gosta de uma conversa, então fique no vilarejo por ora. Venha comigo até minha casa, tomaremos um chá e eu lhe contarei tudo o que pode ser contado sobre este lugar. Tudo bem, meninas! Já podemos retomar nossas atividades, o garoto vem comigo. E a propósito, qual o seu nome?

— Olivie Petit, a seu dispor.

— Nome bonito, Olivie. O meu é Violante, sou a guardiã da vila.

— E o meu é Alana, sou a oradora do local.

— O meu é Quitéria, sou a marceneira.

As anãs, sem tirar os capuzes, foram se apresentando uma a uma e, logo, todas partiram para seus afazeres.

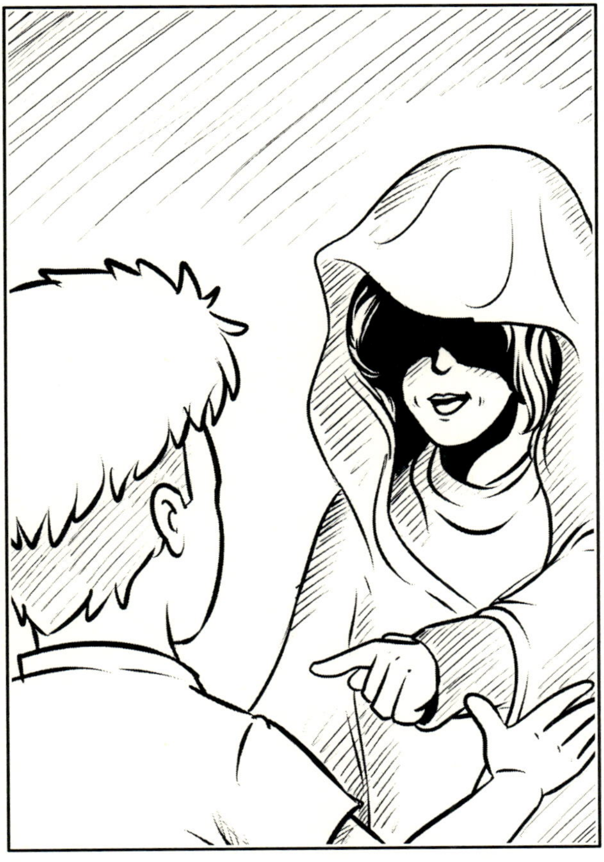

[...] De repente, num estouro, o portão se abriu...

CAPÍTULO 9

—O chá está bom, Olivie?
— Eu gosto um pouco mais docinho, mas está bom sim. Do que é?
— É de folhas de pindorion, uma árvore natural desse lugar. Usamos esse tipo de árvore para quase tudo.
— Violante, posso lhe fazer uma pergunta? — indagou Olivie, apoiando a xícara no pires.
— Pode, sim, Olivie, aqui estamos seguros. A proximidade com esta relíquia nos protege — disse ela, segurando o bastão. — Embora ela não seja mais como já foi um dia.
— Uma relíquia! Interessante. Mas do que ela é feita?
— Bom, talvez ainda seja cedo para lhe revelar, rapazinho, pois pouco sei sobre você.
— Tudo bem, mas me diga, então não são daqui? Quer dizer que acabaram aqui como eu?
— Bem, Olivie, todo esse lugar foi construído pelo Relojoeiro. Eu fui uma das primeiras pessoas a cair neste lugar. Aquela música suave... E, de repente, aqui estava.
— Relojoeiro?
— Sim. Até onde sei, ele construiu todo este lugar. Inclusive, ele também veio do nosso mundo, e pretende retornar para lá e ampliar o seu poder. Como construiu tudo, ele tem uma cone-

xão com tudo por aqui e assim sabe de muita coisa. Você já deve ter visto aquele grande relógio lá fora.

— Sim, bem grande mesmo.

— Pois então, lá ficam as crianças capturadas.

— Triste... Mas vocês nunca tentaram escapar deste mundo?

— Meu caro, eu já tentei, mas foi por pouco tempo. Consegui fugir das mãos dos górgulas e do Relojoeiro, mas não consegui sair deste lugar. A questão é muito mais do que sair daqui. É detê-lo para que seu plano não se concretize.

— Entendo. Mas eu não posso ficar com vocês, tenho que encontrar o pai da Jasmim e voltar para a minha mãe.

— Ah! Papai e mamãe! — comentou Violante e suspirou, com ar de saudade.

— *Me* conte mais sobre os górgulas, quero saber caso veja algum.

— Bem, um dia os górgulas também já foram homens. Eles chegaram aqui como nós. Todavia, neste lugar, os adultos se transformam nesta criatura. E as crianças envelhecem, sem nem mesmo se tornarem adultas.

— Então quer dizer que vocês não são anãs?

Violante ficou em silêncio. Foi baixando lentamente o capuz. Olivie pôde observar, surpreso, seus lindos cabelos azuis, e indubitavelmente olhou para os seus olhos, percebendo que eram muito mais jovens do que seus cabelos azul-platinados apontavam.

— O que nos mantêm firmes neste mundo são nossas memórias. A questão não é envelhecer, Olivie, mas não nos esquecermos de que um dia fomos crianças.

— Que coisa, Violante, então todas vocês são crianças? Isso é algum feitiço?

— Certamente que sim, Olivie.

— E então, quer dizer que logo serei um de vocês, se continuar aqui?

— Logo saberá, meu amigo.

— Precisamos fazer alguma coisa, Violante!

— Como eu disse, até já tentei, mas somos apenas crianças contra os górgulas e o Relojoeiro. Como Alana falou, a chave da saída... a arma para a derrota do inimigo... está dentro de nós mesmos, é o máximo que sei a esse respeito.

Olivie ouviu um barulho estridente ao longe.

— Que barulho é esse, Violante?

— Rápido, Olivie, são eles, tranque as portas e as janelas! É a trombeta de astrax, esse toque é o sinal da caçada!

Violante saiu correndo segurando o seu bastão e foi até o grande portão de madeira que ficava na entrada da vila. Olivie foi logo atrás.

— Rápido, meninas, força, fechem logo esse portão!

O portão que cercava a cidade era alto e pesado, assim como a cerca que construíram. Alguns górgulas eram capazes de voar, mas suas asas eram curtas e não aguentavam todo o seu peso, fazendo com que voassem baixo e de forma desajeitada, no máximo a poucos metros do chão.

Fazendo barulhos estridentes e roncando, os górgulas apontaram ao longe, procurando crianças para transformarem-nas em escravos do Relojoeiro. Felizmente, o portão foi fechado a tempo. A vila estava deserta e silenciosa com todos escondidos à espera de que os górgulas fossem embora, mas ultimamente as criaturas pareciam mais fortes.

A cada marco passado no grande relógio, que podia ser visto de qualquer lugar daquele mundo, havia a sensação de que aqueles monstros se aproximavam mais do vilarejo. Antes eles não passavam do grande pé de pindorion, que ficava a cerca de uns 200 metros do portão de entrada, e, mesmo que passassem, eram repelidos pela relíquia. No entanto, ela parecia vir perdendo sua energia, encorajando a investida dos górgulas.

As criaturas passaram a grande árvore de pindorion, aproximando-se do grande portão. As meninas-senhoras estavam desesperadas, ouvindo o estardalhaço que eles faziam determinados a invadirem a vila.

— Olivie, você vê este meu bastão? — disse Violante, preocupada.

— Sim, a relíquia.

— Pois é. Ele contém uma relíquia em seiva de pindorion que, por muito tempo, manteve essas criaturas afastadas daqui. Mas ela está perdendo forças, talvez porque se está chegando ao número suficiente de trabalhadores da torre do relógio. Ou quem sabe a relíquia já esteja muito velha, ou eu esteja ficando fraca.

— Interessante, mas eu não consigo identificar o que é que tem dentro dessa resina no seu bastão... Há alguma coisa disforme aí dentro.

— Olivie, algo me diz que posso falar a você, é... — De repente, num estouro, o portão se abriu antes que Violante pudesse terminar a frase. — Silêncio, agora eles entraram!

Os górgulas riam assustadoramente sarcásticos, e o som ecoava pela pequena vila. Não pareciam ter muita inteligência, mas sabiam que estavam obtendo êxito. Farejavam o ar e procuravam as meninas-senhoras.

Por um buraco na parede da casa de Violante, que era toda de madeira, Olivie acompanhava tudo. Ele via aquelas criaturas boçais, rindo e sacolejando as portas, derrubando as coisas que encontravam pelo caminho. Sentiu muito medo. Viu que uma delas parou diante da porta da casa de Alana. A garota, escondida sob a mesa, estava preocupada, já que a criatura arranhava com força a sua porta.

— Violante, eles estão tentando entrar na casa de Alana — sussurrou Olivie, quando percebeu que um deles usava calças conhecidas. — *Me* parece que um deles está usando as calças do sr. Pantaleon. É, sim, me lembro de já tê-lo visto com uma dessas. Será que eles o pegaram?

— Receio, Olivie, que isso seja tudo o que restou da parte humana dele.

Olivie se sentou no chão, cabisbaixo, pensando em como se sentiria sua amiga Jasmim ao saber da notícia. Logo tornou a observar a ação dos górgulas.

— Violante, eles conseguiram entrar!

A menina-senhora, então, sabia o que deveria ser feito. Era o que se podia fazer. — Fique aqui, Olivie.

Ela tomou o seu bastão nas mãos e saiu ao encontro das criaturas. E, nesse exato momento, a relíquia pareceu tomar fôlego e começou a brilhar, afastando os górgulas para bem longe. Alana, com um bastão de madeira, e Violante, com a relíquia, saíram atrás deles. Era o que tinham para expulsá-los.

Com a ajuda do objeto místico espantava-os, mas antes que o último pudesse passar pelo portão, algo deu errado. A relíquia falhou e, por um nefasto golpe do destino, justamente um dos que tinham a capacidade de voar havia ficado para trás. Mesmo voando de forma desajeitada, deu um sobressalto, agarrando

Alana pelos braços. A garota derrubou a sua vara, que de nada valia, pois não tinha poderes mágicos.

— *Me* ajude, Violante! — gritou a menina-senhora.

Violante saltou, deixando o bastão cair, mas conseguiu agarrar-se aos pés de Alana. Com o peso, foram todos para o chão. Violante se machucou. Alana também. O górgula, mesmo ferido, levantou-se e pegou Alana desacordada. Conseguiram mais uma vítima, e o suposto plano do Relojoeiro estava tomando cada vez mais forma.

Olivie saiu correndo ao encontro de Violante, enquanto as outras meninas-senhoras fechavam o portão.

— Eu tentei, Olivie. Eu tentei... — disse Violante com uma voz fraca.

Quitéria, a marceneira, logo se aproximou.

— Ajudem, meninas, vamos levá-la para dentro.

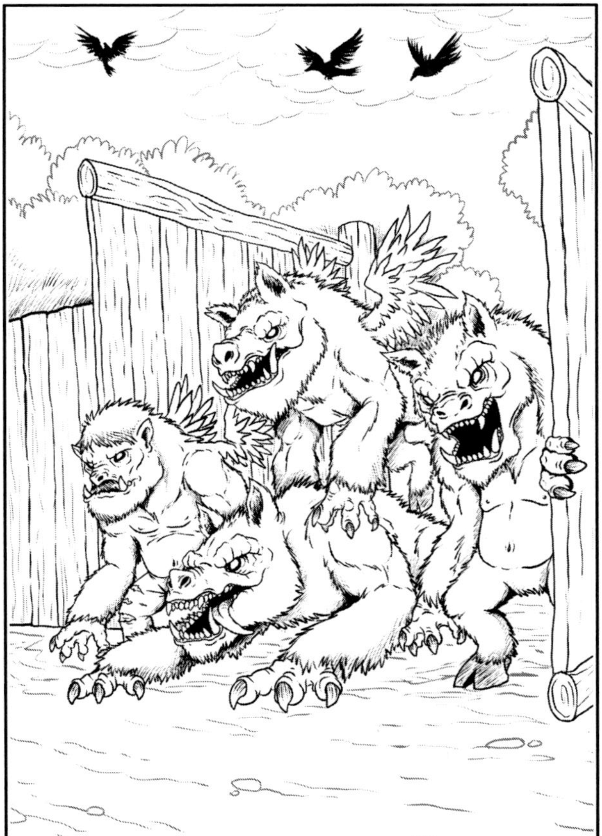

Com tudo preparado, Violante, que já se sentia um pouco melhor, investia Olivie de uma importante tarefa.

CAPÍTULO 10

Na manhã seguinte, Violante abriu os olhos. Quitéria, Olivie e mais algumas meninas estavam próximas.

— Por quanto tempo eu dormi?

— Não sei exatamente, mas já é passado um sol.

— Nossa! Olivie, você ainda permanece com seus cabelos castanhos?

— Pois é, Violante — interrompeu Quitéria. — Talvez este garoto seja o escolhido, assim como uma valente menina foi há alguns sóis.

— Obrigado, minha amiga Quitéria. Pode me deixar a sós com Olivie? Preciso contar-lhe uma história.

— Vamos, meninas — chamou Quitéria, deixando os dois a sós.

— Olivie, como eu ia lhe explicar, nós não somos daqui. Viemos parar neste lugar assim como você. Eu tive a sorte de trazer comigo uma bela flor de flamboyant junto ao meu cabelo. Não sei se você já observou, mas aqui eles não toleram muito as flores. Talvez devido à beleza ou ao perfume, não sei dizer. Neste mundo, os górgulas deixam somente as pequenas, das árvores frutíferas, para que tenham alimento. Fora isso, aqui não há nenhum outro tipo de flor. Vê o tom dos meus cabelos que se diferencia do tom das outras meninas?

— Sim, já havia percebido isso.

— Então, Olivie, é que neste mundo as flores apresentam poderes especiais, mas não por si só. É preciso descobrir alguma relação para, então, ela se tornar uma relíquia muito valiosa. Percebo que seus cabelos continuam castanhos feito troncos de pindorion. Você trouxe alguma flor?

Então ele se lembrou de que havia pegado algumas flores do jequitibá naquela manhã pós-tempestade. Meteu rapidamente a mão no bolso e retirou três flores amassadas. Violante se animou.

— Olivie, você tem a chave para salvar Alana e nos tirar daqui!

— Mas como?

— Bem, isso exatamente eu não sei, mas você precisa estabelecer sua conexão com essas flores. Você precisa ativá-las. Assim, elas serão grandes relíquias como a minha foi um dia. É por isso que seu envelhecimento ainda não começou, pois as flores estão lhe protegendo.

Violante levantou-se da cama de palha e chamou:

— Quitéria, veja! – Os olhos da menina brilharam de esperança. — Minha amiga, faça duas esferas de resina com uma flor dentro de cada uma delas. Prepare uma espada com a madeira mais resistente que encontrar e coloque essas relíquias incrustadas nela. Faça também um colar com um pingente em forma de coração contendo a essência de uma das relíquias. Olivie, você tem uma missão!

Quitéria preparou uma bela espada de pindorion e, como não havia metal, nem forja para que pudessem fazer uma boa arma, fora feita de madeira mesmo, com um pedaço bem duro e afiado inserido no lugar da lâmina. As duas esferas foram alinhadas sobre ela. Em seguida, pegou uma das flores, macerou-a e extraiu um cheiroso líquido avermelhado, o qual misturou com resina de pindorion e confeccionou um pingente em formato de coração.

Com tudo preparado, Violante, que já se sentia um pouco melhor, investia Olivie de uma importante tarefa.

— Olivie, meu caro, a nossa amiga Alana acaba de ser a 58ª criança a ser capturada para a torre do relógio. Quando chegar ao número que não pode ser dito, um portal se abrirá e todo este mundo dominará o mundo dos humanos. Os adultos se transformarão em górgulas e as crianças se transformarão na energia necessária para o Relojoeiro conquistar tudo o que pretende... E então ele não mais poderá ser derrotado.

— Mas, Violante, tem certeza de que só eu poderei fazer isso? Eu nunca vi criaturas tão medonhas! Elas têm o dobro do meu tamanho. E eu sou apenas uma criança, como costumam dizer os adultos.

— Bem, você é uma criança. Mas é uma criança especial! E agora você tem suas relíquias. Assim como a minha só funcionava comigo, as suas só funcionarão com você e, para isso, precisa saber despertá-las. Salve ao menos Alana, assim faremos efeito sobre a Torre do Relógio e atrapalharemos, por ora, os planos do Relojoeiro! E não deixe que digam quem você deve ser. Acredite, meu caro, você é capaz! É só procurar as respostas dentro de si.

— Mas como você tem tanta certeza de que levaram Alana para esse lugar?

— Eu sei, Olivie, eu sei. Já estivemos lá uma vez. Eu, Quitéria, Alana e mais algumas pessoas.

"Naquele dia chovia bastante. Durante a troca de vigia na sala de máquinas da Torre, consegui ativar a minha relíquia. Era uma força descomunal que vinha de dentro de mim. Afugentei os górgulas, mas aquelas malditas gralhas fizeram o maior alvoroço e acabaram despertando a atenção do Relojoeiro, que veio em estado de fúria e começou a disparar magia em todos. Mas a minha relíquia nos protegeu. 'Vão atrás deles e me tragam aquela relíquia!', bradava colericamente o Relojoeiro por ter nos perdido. Infelizmente, algumas pessoas ficaram para trás, pois não houve tempo para libertar a todos... Fiz o possível."

— E não há outra maneira de sairmos daqui?

— Bem, talvez até haja, Olivie, mas nós não sabemos como. O que sabemos é que o Relojoeiro não pode passar para o mundo dos humanos, e que qualquer meio conhecido para sair daqui passará, inevitavelmente, pelo enfrentamento do senhor deste mundo.

— Mas como esse misterioso Relojoeiro veio parar aqui?

— Bem, Olivie, essa é uma outra história... Isso é o que acontece quando as pessoas são más. Elas prejudicam os outros, destroem a si mesmas e se fecham em seu mundo.

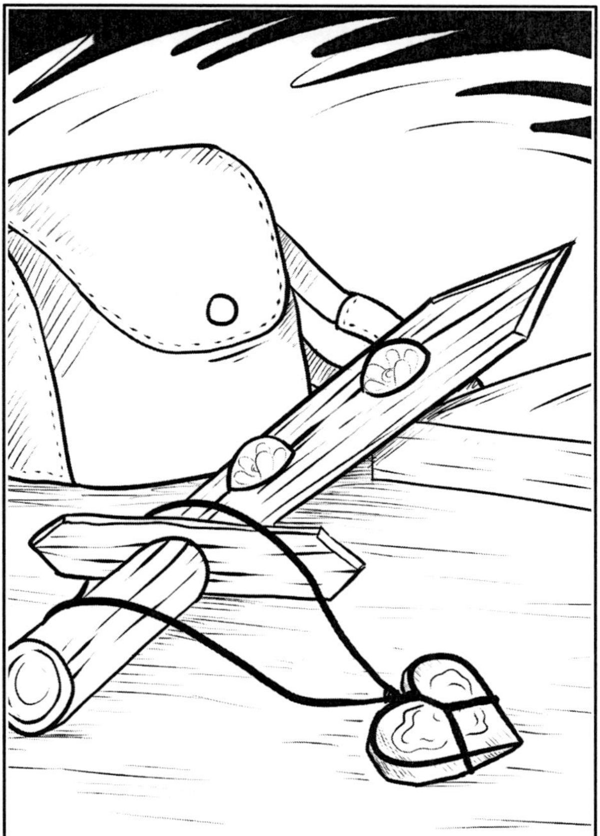

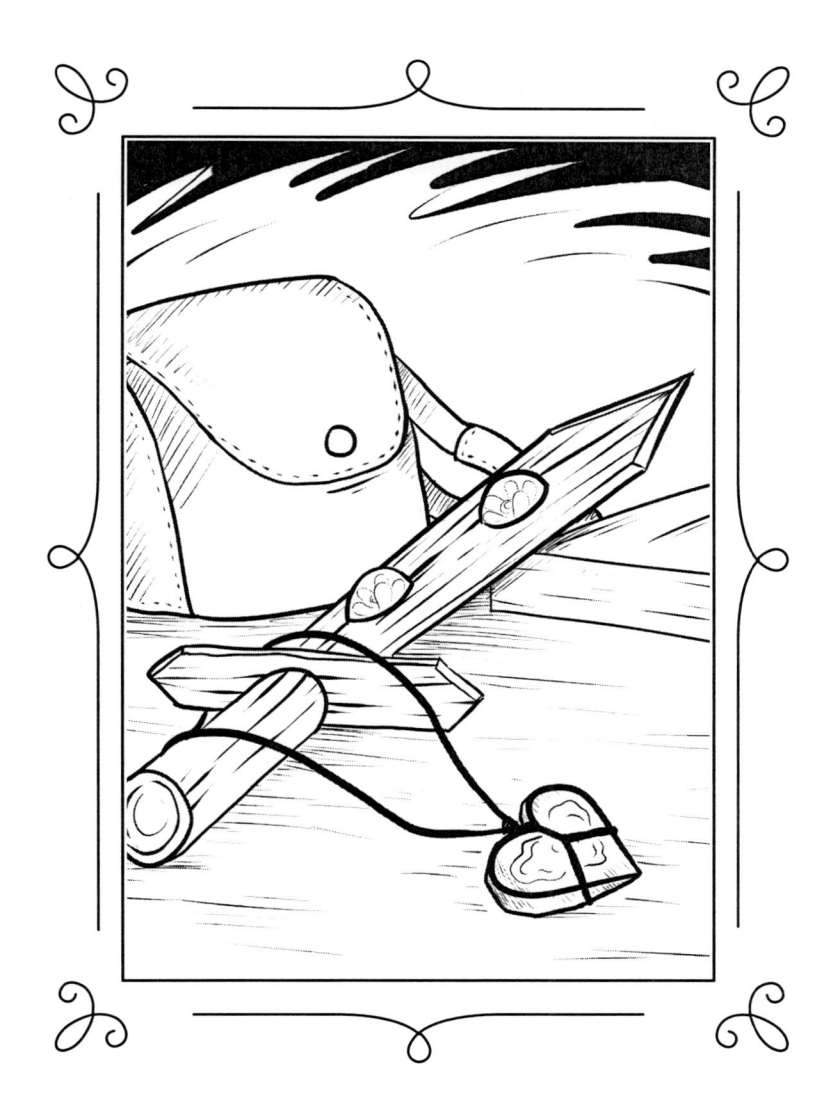

— Pois bem, garoto franzino, espero que não se arrependa...

CAPÍTULO 11

—Boa sorte, Olivie! — despediam-se as meninas-senhoras.

— Quitéria! Traga a bolsa, por favor.

Violante aproximou-se do garoto e o abraçou com firmeza e esperança. Em seguida, pegou o cordão com o pingente de coração e o colocou no pescoço de Olivie.

— Coragem, meu amigo! Você consegue. Confie, pois tudo vai se esclarecer no momento certo. Na hora certa, você vai encontrar as respostas.

O garoto pegou uma bolsa a tiracolo, onde havia suprimentos e equipamentos cuidadosamente preparados pelas meninas-senhoras, e tomou em suas mãos a espada de madeira, partindo rumo à Torre do Relógio. Sua missão era clara: salvar Alana e evitar que o Relojoeiro conseguisse chegar ao mundo dos humanos.

Enquanto caminhava, o garoto pensava em suas novas amigas, mas também em sua mãe e em Jasmim, a quem prometera retornar com o seu pai, algo que, infelizmente, não sabia como fazer, pois o sr. Pantaleon já não era mais o mesmo.

"Hum, onde Alana poderia estar dentro daquela torre enorme? Quais criaturas eu poderei encontrar por lá? Espero que mais nenhuma. Será possível trazer o sr. Pantaleon de volta à forma humana?"

Enquanto percorria seu caminho e traçava mentalmente a sua jornada, as dúvidas que pairavam na cabeça de Olivie eram muitas. Até que, de repente, se deparou com uma cerca de espinhos.

Nesse momento, a planta sem flor começou a se contorcer e a dobrar de tamanho até se transformar num monstro antropomórfico repleto de farpas.

— Meu jovem — disse a figura horrenda, com uma voz farfalhante, parecida com o som das árvores —, se por aqui quiser passar e o caminho para a torre encontrar, pode tentar passar caminhando, mas eu garanto que vou te pegar arranhando. Todavia, você pode tudo facilitar, começando por se entregar. Todos poderemos ir para casa, se com o Relojoeiro você colaborar.

Olivie achou o ponto de vista do arbusto espinhoso interessante. "Será que Violante me disse a verdade? A chave para voltarmos ao nosso mundo não seria apenas o nosso apoio ao Relojoeiro?", pensou. Porém, parecia tudo fácil demais. Violante o havia orientado sobre as artimanhas daquele mundo. Talvez ela pudesse estar mentindo, seria difícil afirmar, mas algo dentro dele ainda lhe dizia para confiar na menina-senhora.

— Não! — disse Olivie, taxativo. — Eu não vou ficar aqui, e exijo passagem, agora!

— Pois bem, garoto franzino, espero que não se arrependa. Você só passará se a mim derrotar.

A figura humanoide coberta de espinhos esticou os braços em forma de tentáculos sobre Olivie, que corria tentando se desviar. Rapidamente desembainhou sua espada. *Zás*. O arbusto gargalhou. Mas Olivie, com surpreendente destreza e sem piedade, começou a cortar os ramos repletos de espinhos, fazendo subir pelo ar um forte odor de grama. Contudo, os ramos eram muitos e se multiplicavam a cada corte. Era impossível vencer aquela coisa, e Olivie, exausto, deixou-se cair no chão.

— Eu avisei! Você poderia ter facilitado as coisas...

Os ramos da trepadeira se contorciam enquanto se transformavam numa espécie de gaiola esférica, envolvendo Olivie e encarcerando-o. O garoto acabou se desequilibrando, deixando a espada cair por entre os vãos da gaiola. Mas o pior ainda estava por vir. O monstro começou a elevar a gaiola acima dos arbustos, deixando-a à mostra para ser vista pelos górgulas, para que pudessem se aproximar e capturá-lo com facilidade.

Desorientado e entregue à sorte, Olivie sentou-se e pôs-se a chorar.

— Realmente, sou apenas uma criança. O que eu mais quero agora é a minha mãe! Isso aqui deve ser apenas um pesadelo, e logo pela manhã vou acordar e estar na minha cama.

Enquanto chorava, enxugava as lágrimas com as mãos, mas parte delas escorria pelo rosto vagarosamente até chegar ao pescoço, adornado pelo cordão com a relíquia. Depois de tanto chorar, Olivie simplesmente caiu no sono e só acordou com o som de uma trombeta que soava ao longe.

"Os górgulas!", pensou, levantando-se logo em seguida. "Preciso sair daqui." E do alto pôde observar todo o trajeto que deveria fazer para chegar até a Torre. Procurou a sua espada, e a viu caída no chão, a alguns metros. Sentiu algo diferente em seu pescoço e notou que a relíquia cintilava.

Decidiu apontá-la para os ramos entrelaçados da jaula:

— Abre-te, Sésamo! Eu ordeno que me solte! *Splifit*, *Sploft*, *Stil* — dizia o garoto, tentando descobrir alguma palavra mágica para que o arbusto lhe obedecesse, mas nada aconteceu. Parou, respirou e se concentrou. A relíquia voltou a brilhar, desta vez de forma mais intensa, e como num ato de intuição, decidiu encostá-la nas grades de ramos da gaiola. E, enfim, algo surpreendente aconteceu: a gaiola reagiu, desembaraçando-se e depositando Olivie lentamente no chão. O garoto, então, agachou e pegou de volta a sua espada quando, de repente, o arbusto começou a despertar novamente:

— Garoto! Onde conseguiu isso? Venha cá, eu te pego!

Olivie rapidamente retirou o colar, amarrou-o na lâmina de madeira da espada e saiu correndo, podando e encostando nos ramos cheios de espinhos que se afastavam e caíam. Correu o máximo que pôde, até chegar ao outro lado.

Quando chegou à outra ponta, todo o espinheiro por onde passara estava seco. E nesse instante, reabrindo um túnel que havia sido desfeito, ele conseguiu passar despercebido pelos górgulas que se rumavam novamente para a vila, para tentar capturar mais meninas-senhoras.

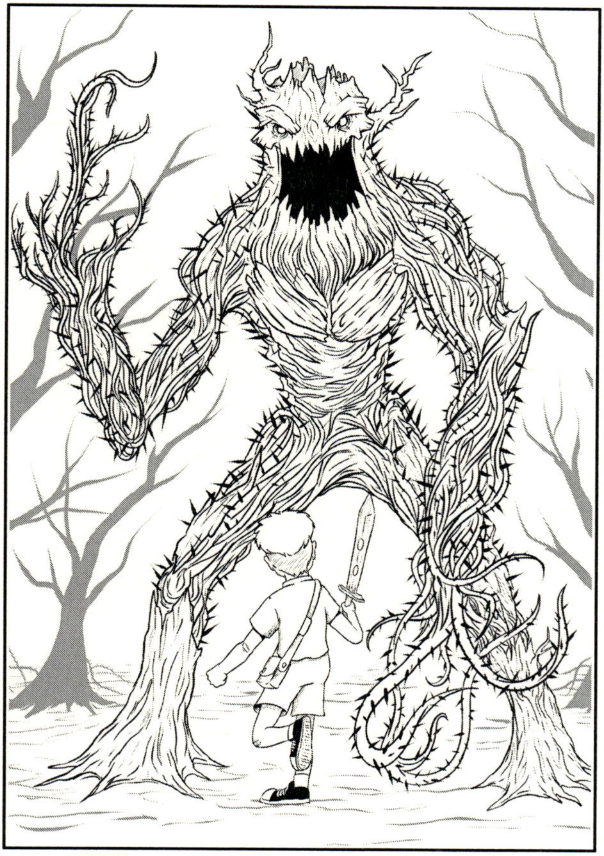

— Olá, criança!
— saudou-o
uma gralha...

CAPÍTULO 12

Olivie estava exausto. Então, parou para descansar sob a sombra de uma grande árvore de pindorion.

— Olá, criança! — saudou-o uma gralha, que grasnava.

— Olá, gralha! — respondeu Olivie.

— Mas que belos cabelos castanhos você tem! Por que eles ainda não estão da cor da prata, como os das outras pessoas daqui?

A gralha saltou para mais perto de Olivie.

— Minha cara criança, o mundo lá fora é cruel. Eu sei. Já estive lá. Caçadores destroem as florestas e matam os animais. O ser humano é capaz de fazer mal até mesmo ao seu semelhante. Aqui não há problemas como esse, pois não há armas de fogo nem dinheiro. Tudo de que precisamos, a terra nos oferece, tudo o que é essencial, é acessível. Junte-se a nós e poderemos transformar o seu mundo num lugar igual a esse.

— Mas uma amiga me disse que isso não seria bom...

— Deixe-me adivinhar... Essa sua amiga tem baixa estatura, usa um roupão parecido com o de alguma sociedade secreta, tem os cabelos azuis e, por acaso, se chama Violante?

Olivie arregalou os olhos de surpresa. Como aquela gralha sabia tanto? Porém, por estar desconfiado, não confirmou nada.

— Não, nem sei do que a senhora está falando. Mas, continuando, o que eu ganharia por ficar aqui com vocês? — Resolveu entrar no jogo dela.

— Bem, na verdade, não ficaremos aqui. Este lugar é só algo transitório, um agrupar de forças. No fim das contas, você entregaria o pai da garota são e salvo, sua mãe poderia te abraçar novamente e todos no seu mundo viveriam como aqui, sob os cuidados do Relojoeiro.

— Mas como você sabe do sr. Pantaleon e da minha mãe?

— Bem, o que nesse mundo nós não sabemos? Foi dito e já ouvimos. Tudo aqui está, de alguma forma, conectado.

Olivie achou a proposta da gralha uma boa solução para os males do mundo, mas ele não se esquecera das orientações que recebera de Violante em seguir sua intuição. Mesmo com as opiniões do espinheiro e da gralha, algo em seu interior o inquietava.

— Cale a boca, sua gralha lisonjeira!

Olivie tapou os ouvidos e fechou os olhos. Quando os abriu, as árvores à sua volta estavam repletas de aves que grasnavam. Ele começou a apertar o passo, até tomar certa distância e disparar a correr. Uma primeira gralha alçou voo, talvez aquela com quem ele conversara e, de repente, todas as outras se juntaram formando uma nuvem negra, que voou em sua direção. O garoto corria o máximo que seus cambitos permitiam. Tropeçava e se enroscava nas árvores, que pareciam segurá-lo. Até que se deparou com uma imensa parede, muito alta, comprida e feita de pedra. Olhou para trás e, estranhamente, as gralhas haviam desaparecido. À sua frente estavam as paredes fortificadas que guardavam a Torre do Relógio.

Ouviu-se, então, um som gutural assustador. Um totem próximo ao portão, cujo formato era da cabeça de um chimpanzé, lhe chamou a atenção.

— O Relojoeiro já sabe de sua chegada, porém aqui não há chave de entrada. Você deverá responder à charada ou então os górgulas te servirão na salada.

— Abra, eu ordeno! Sou Olivie Petit e não tenho medo de estátuas — bradou, desembainhando a espada.

— Há-há-há! — gargalhou a estátua com sua voz grave. — Este pedaço tosco de pindorion não produz efeito algum sobre mim.

Pindorion era uma nobre árvore daquele mundo. Suas folhas serviam para fazer chá, sua madeira era a mais resistente que existia, a casca do seu tronco possuía propriedades curativas e a sua seiva podia ser manipulada e transformada em uma resina similar ao âmbar.

— Você que pensa! Renda-se, antes que eu o parta em pedacinhos. — Estava confiante, pois já havia usado a espada com as relíquias com sucesso anteriormente.

— Experimente!

Olivie ergueu a espada e atingiu o lado esquerdo da estátua, fazendo ecoar um som seco. E... *CRECK*... Rachou. Sua espada acabara de quebrar, e Olivie não sabia explicar por que não dera certo dessa vez. Quando a espada se partiu, todas as relíquias caíram no chão.

— Está vendo? — falava a estátua, enquanto o garoto recolhia os objetos e os guardava na bolsa. — Aqui só funcionará uma coisa: dar a resposta certa!

— Pois bem, mas... E se eu perder?

— Se você perder, ficará aqui para compor o número de crianças que deverão trabalhar na Torre do Relógio. E, a propósito, faltam apenas duas para ficar completo!

Olivie fechou os olhos e respirou fundo.

— Ok, eu aceito.

— Bom, vamos lá... Você terá que me responder três charadas:

Castanho como a noz, pequeno como um anão.
Fraco como um graveto, acha que é valentão.

Olivie ficou um tempo pensativo. Olhava tudo ao seu redor, até que observou sua própria imagem refletida numa poça de água.

— Já sei! A resposta é Olivie Petit. Sou eu mesmo! — disse ele, não sabendo se ria por ter acertado ou se xingava pela charada sem graça.

— Muito bem, garoto! Ainda restam duas.

Feito um relógio ele bate, mas a hora não marca.
A humanidade pode esquecer, mas o amor ele guarda.

— Hum... — Olivie fechou os olhos, meditando sobre a questão. E naquele silêncio, sentiu algo. Abriu-os repentinamente, como se já soubesse o que dizer. —Acredito que a resposta seja: o coração!

— Muito bem, rapazinho, você é bom nas adivinhas, mas quero ver você acertar a próxima e última.

Para muitos é uma diferente artimanha.
Você pensa que perde, mas na verdade sempre ganha.
Não adianta economizar, pois não se tem como guardar.
O que você deve, é bem dele desfrutar.

— Minha nossa! Deixe-me ver... Perder, ganhar, economizar, desfrutar. Essa não é fácil.

— Pois bem, você desiste?

— Não, espere! — Olivie olhou novamente ao redor. Olhou

para a Torre do Relógio e notou que o tempo passava. — Já sei! — disse ele, estalando os dedos no ar. — A resposta é: o tempo.

De repente, ouviu-se um barulho de correntes e o portão começou a se levantar.

— Parabéns, nobre garoto! — disse o totem, que se tornou inerte novamente.

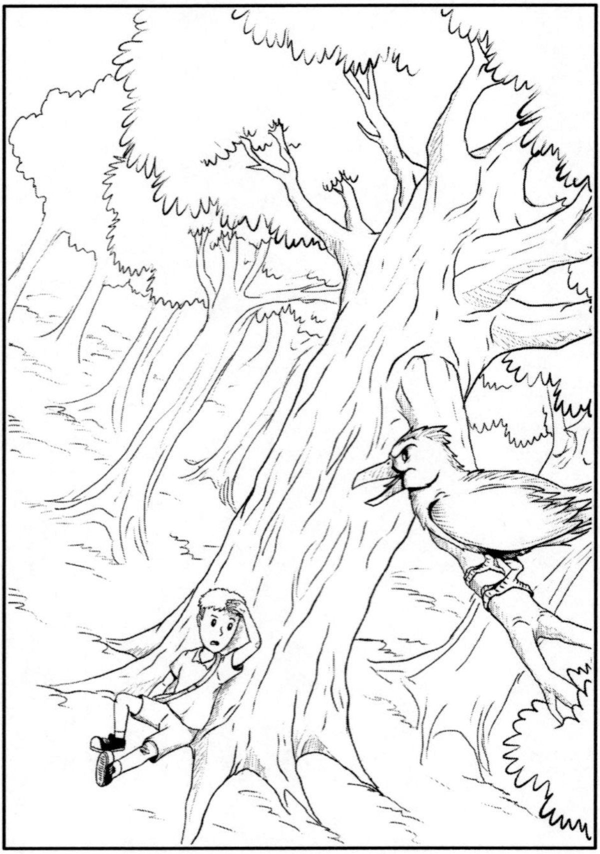

[...] A criatura parecia não o compreender...

CAPÍTULO 13

Olivie estava finalmente dentro da torre, uma enorme estrutura com pedras largas e madeira, fria, com vários pontos de penumbra iluminados por tochas. Havia frestas e algumas poucas janelas, sem nada além de seus arcos, e permaneciam sempre abertas. A torre parecia ser erguida com algum tipo de magia e possuía diversos materiais diferentes dos do povo da vila, como o metal.

Um grunhido se aproximava, acompanhado de passadas pesadas, barulhos de cascos e de pés largos: era um grupo de górgulas que surgia num verdadeiro cortejo. O garoto inspirou profundamente, tentou prender a respiração para não ser descoberto. As criaturas pareciam estar saindo para mais uma caçada.

Os górgulas não pertenciam especificamente a um exército. Não havia opositores páreos contra os quais precisassem se defender, mas faziam o papel de tropa. Eles eram os braços e serviam ao Relojoeiro num mundo criado por ele mesmo.

Ao término da marcha, Olivie saiu do esconderijo à procura de Alana. "Onde ela poderia estar?"

Enquanto pensava nos próximos passos, sentiu um odor fétido de casco de cavalo que infestava o ar. Percebeu que algo fungava atrás dele e um calafrio percorreu sua espinha. Pensou em sair correndo, mas já estava cansado de tanto fugir, e sabia que de nada adiantaria, pois estava na *boca do leão*. Chegara a hora de enfrentar seus medos. Virou-se lentamente para ver do que se tratava e deparou-se com uma figura horripilante: possuía um focinho de porco e dois caninos inferiores que alcançavam a altura do nariz, lembrando a boca de um javali. Em sua mão, empunhava uma lança. Das costas, saíam duas pequenas asas e, por incrível que pareça, era o górgula no qual o sr. Pantaleon havia se transformado.

— Sr. Pê? Sr. Florêncio? Sr. Florêncio Pantaleon? — perguntou Olivie com a voz trêmula e um sorriso amarelo, tentando estabelecer algum diálogo. A criatura parecia não o compreender, embora aparentasse se lembrar dele. Olivie levou a mão à cintura pensando em usar sua espada, mas encontrou apenas o ar, e lembrou-se de que ela estava quebrada. Meteu a mão trêmula na bolsa a tiracolo, tirando dali uma relíquia, aquela com a flor murcha dentro, que estivera anteriormente presa à espada. Sentia-se bastante assustado.

O górgula, ao ver a relíquia, também se assustou, afinal, já tinha visto o poder que uma relíquia tinha. A criatura soltou um grunhido horripilante e, com a sua cauda de macaco, puxou as pernas de Olivie, desequilibrando-o. O menino caiu de costas, deixando a bolsa desprender-se do seu ombro e levando os objetos que estavam dentro dela aos ares. A relíquia caiu de sua mão e as outras se espalharam por todos os lados. A criatura rapidamente correu para pegar a bolsa, e com o auxílio de seu tecido, protegendo-se, apanhava as relíquias que encontrava.

Caído, o garoto sentiu que algo batera em sua mão. Era a resina em formato de coração. Sorrateiramente, ele a pegou e escondeu em seu bolso. O górgula Pantaleon grunhiu novamente e mais um de sua espécie apareceu: era um reforço. Com suas lanças o cutucaram sem pronunciar qualquer palavra, fazendo-o se levantar. Queriam que ele andasse logo.

Olivie foi conduzido a um lugar frio e úmido que cheirava a musgo, uma espécie de calabouço da torre. Notaram algo diferente no garoto, talvez o tom do seu cabelo, que ainda permanecia castanho, ou talvez a sua coragem, pois nenhuma criança tinha chegado tão longe por simples obstinação. Passaria a noite ali, até que decidissem o que fazer com o prisioneiro. O menino estava apreensivo, não sabia o que poderia acontecer. Resignado, deitou-se numa cama de pedra e tentou dormir. Talvez tudo aquilo fosse só um pesadelo.

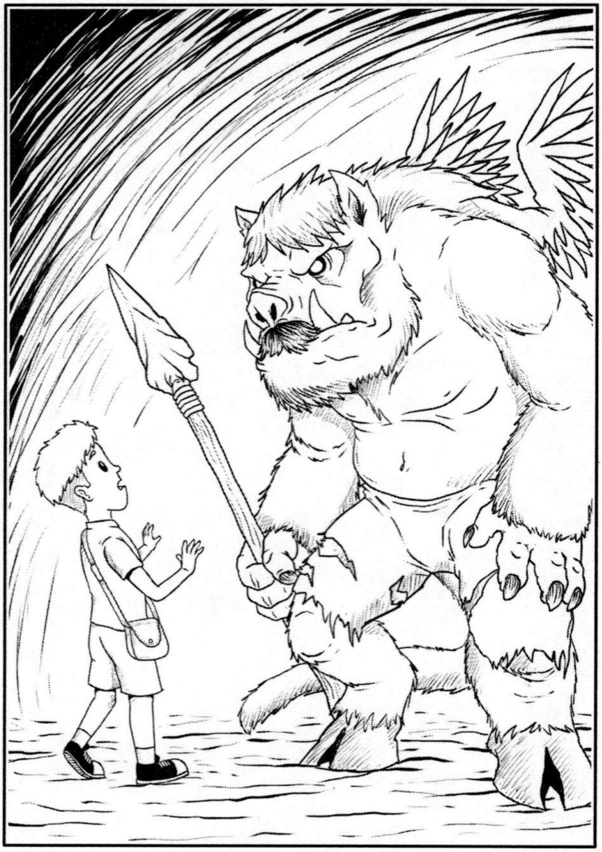

— Alana, eu fracassei...

CAPÍTULO 14

Na manhã seguinte, Olivie ouvira sua mãe chamando-o: "Olivicrás... crás".

Percebeu que, na verdade, não era a sua doce voz, mas sim um grasnado. Ele acordou sobressaltado e percebeu que ainda estava naquela cama dura da prisão, e uma gralha grasnava na pequena janela quadrada por onde entrava a claridade da aurora.

Um dos górgulas apareceu na porta da cela grunhindo e empurrando, retirando o garoto à força. Escoltado pela criatura que fungava, ia caminhando por um corredor escuro onde era possível observar os vários pórticos que o ornavam. Algumas salas tinham portas largas de madeira, outras não, e diante de uma delas, com um arco enorme, ouviu uma fina voz que parecia sair por entre os dentes da frente.

— O plano está quase completo... Agora falta apenas uma criança. Tragam "ela" para mim, custe o que custar.

Olivie parou por alguns instantes e se questionou quem, afinal, seria aquela figura que poderia se comunicar com os górgulas e ser compreendida de forma universal? Pois tanto ele quanto as criaturas compreendiam claramente aquela voz. "Deve ser o Relojoeiro", pensou, mas seu raciocínio foi interrompido por um novo empurrão. O garoto continuou andando.

No fim do corredor havia uma luz e de lá provinha um cheiro de óleo e madeira. Podia ser ouvido um barulho de engrenagens que trabalhavam. Chicotes, grunhidos e grasnares não raras vezes também podiam ser ouvidos.

"Aqui deve ser a sala das máquinas", pensou Olivie, ao se aproximar do local.

Olhando ao redor, viu que a sala era ampla e muito, muito alta, possibilitando a entrada da luz e voos curtos das gralhas de um lado para o outro. Na sala havia diversas celas, e ele constatou que ali não tinha somente meninas-senhoras, mas também meninos-senhores. As crianças trabalhavam girando uma roda, feito ratos de laboratório.

De repente, ouviu-se uma trombeta. O górgula ergueu a orelha e rapidamente empurrou Olivie para a cela e saiu.

— Queria estar em casa! — disse Olivie, em voz alta, recolhido no chão com a cabeça próxima aos joelhos, abraçando-os.

— Olivie, é você? — indagou uma voz conhecida.

— Sim, sou eu — respondeu, esboçando um leve sorriso de alívio. — É você, Alana?

— Sim, eu mesma! Estou na cela ao seu lado direito!

A garota desceu de sua roda para conversar, aproximando-se da parede que dividia a cela. Olivie recostou-se do outro lado.

— Alana, eu fracassei. Desculpe-me por não cumprir o objetivo... Nem ao menos soube como controlar as minhas relíquias.

— Você também tem relíquias, Olivie?

— Bem... Eu tinha até antes dos górgulas me capturarem...

— *CRÁS! CRÁS!* — uma gralha interrompeu. — Conversa na sala! *CRÁS!* Engrenagem parada!

Dessa vez, o górgula sr. Pantaleon apareceu e se aproximou ao ouvir os alardes do animal. As crianças perceberam que as gralhas não estavam ali simplesmente ao acaso, procurando por comida e abrigo, mas que eram uma espécie de olheiros do Relojoeiro.

O górgula se aproximou e bateu com o cabo do chicote nas grades das jaulas, ordenando que os prisioneiros trabalhassem. Ressentido, Olivie pôs a mão no bolso e, caminhando dentro da roda, apertou a relíquia que estava escondida. "Por que você não funciona? O que devo fazer?", mas não tinha respostas. Olhou de soslaio ao redor, e notando que ninguém o observava naquele momento, pegou o cordão e o colocou no pescoço, escondendo-o sob a camiseta.

Com apenas uma relíquia, aquele estranho mundo começava a fazer efeito sobre o garoto. Os cabelos de Olivie começavam a ficar azuis como os de Violante.

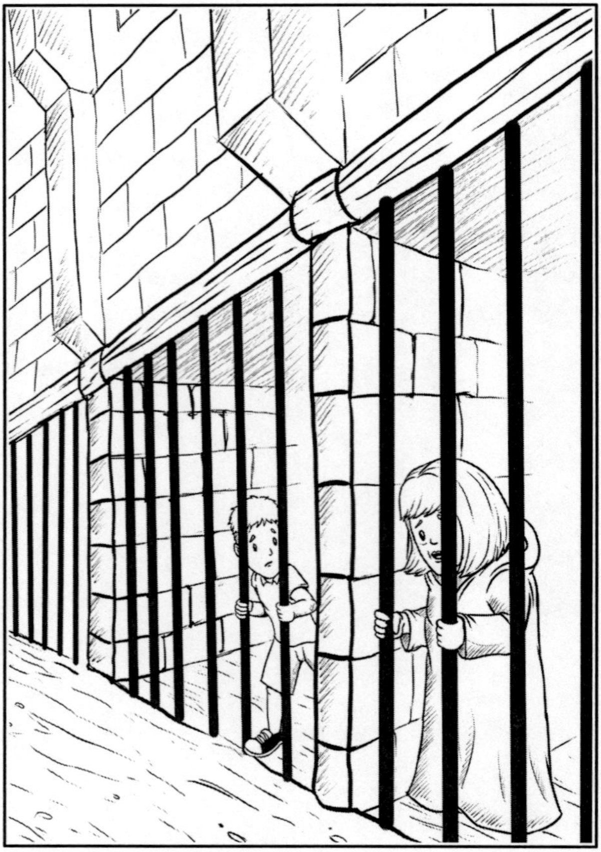

[...] Logo, na claridade do centro da sala de máquinas, a criatura apareceu...

CAPÍTULO 15

Gerando energia para o relógio, cada criança representava uma fração de segundo. Sozinhas não eram nada, mas juntas completariam o ciclo das 24 horas e, assim, o portal se abriria para o Relojoeiro se tornar o senhor dos mundos.

Olivie estava cansado, assim como Alana. A conhecida trombeta de astrax tocava novamente, mas desta vez havia um alvoroço fora do comum entre os górgulas. Pareciam estar se preparando para algo grandioso, para a execução de uma tarefa superimportante.

"Que estranho! Por que essas gralhas estão voando dessa maneira? Só vejo o górgula Pantaleon por aqui", pensou Olivie, observando as coisas na sala de máquinas.

— Vão... Tragam a garota até mim. Viva, é claro! Mas o mais importante, a relíquia! Coloquem-na nesta caixa mágica, e assim estarão protegidos contra seus efeitos — dizia aquela voz estranha sibilada por entre os dentes.

Enquanto tocavam a trombeta, um grande destacamento de górgulas, em número bem maior do que o comum, saía para a floresta sem flores.

Em direção à sala de máquinas, algo maior que os górgulas se movia por entre as sombras. Porém, a silhueta não remetia a nenhuma das criaturas já conhecidas pelo garoto. Olivie observava apreensivo. Mais próximo, na claridade, percebeu que o górgula Pantaleon fazia um sinal de reverência, pois enxergara alguém que ele ainda não conseguira ver até que se aproximasse da luz. Pelo gesto, o garoto percebeu que poderia se tratar de algum superior. Logo, na claridade do centro da sala de máquinas, a criatura apareceu. Tinha o focinho alongado, dentes afiados e dois incisivos grandes na frente, uma cauda longa, roliça, afunilada e pelada. Usava uma coroa, mas esta era só um arco e, na frente deste arco, havia um relógio, que funcionava em sincronia com o grande relógio da torre. Do pescoço, pendia um longo colar que se estendia até o peito, e nele estava pendurado um pequeno arco. Sua mão, com unhas enormes, carregava um cetro de ferro semelhante a um pêndulo de relógio invertido.

"O Relojoeiro", deduziu o garoto.

— Se preparem, minhas crianças, pois logo estaremos todos em casa. E todos pagarão pelo mal que fizeram a mim. *Me* vingarei de toda a humanidade! — bradou, erguendo o cetro mágico.

Ao ouvir aquela voz icônica, Olivie percebeu se tratar da mesma pessoa cuja voz já ouvira antes pelos corredores da torre. Não restava dúvida de quem era.

— Logo, os górgulas trarão Violante e sua relíquia para mim, e não haverá mais resistência. Descobri que com as relíquias o portal poderá ser aberto muito mais rápido. Obrigado, garoto do cabelo azul.

— Não, seu rato imundo! — esbravejou Alana, cuspindo no chão.

— Quem ousa insultar o senhor dos mundos? Eu sou o Grande Relojoeiro! Górgula, cuide para que ela aprenda como deve ser tratado o rei deste mundo, um sol na roda da tortura deverá bastar — disse ele, e retirou-se.

O górgula Pantaleon tomou Alana nos braços, retirando-a da cela enquanto ela se debatia.

— Deixe-a em paz, sr. Pantaleon! — gritou Olivie da sua jaula.

O górgula ergueu a cabeça, como se aquele som quisesse dizer algo, mas aquela voz não lhe era compreensível. Havia se esquecido completamente de sua origem humana e da forma de comunicação dos homens.

Alana esperneava enquanto o górgula a arrastava. Olivie sentia um misto de medo, raiva, frustração, indignação, mas acima de tudo, amor ao próximo. Foi quando sentiu algo pulsar em seu peito, mas não era o seu coração. Retirou a relíquia escondida junto ao corpo, deixando-a sobre a camiseta. E cada vez que ela piscava mais forte, as gralhas voavam e grasnavam.

— Calem-se! — gritou ele, apontando o pingente reluzente para as aves. E então, o objeto emitiu um grande feixe de luz. Ao passar pela grade, danificou a fechadura, abrindo a jaula e atingindo as gralhas, desintegrando-as, transformando-as em pó.

Não eram reais, eram algo daquele mundo criado pelo Relojoeiro.

Com o barulho, o górgula parou, soltou a garota e se virou em direção a Olivie. Com seu chicote, correu em sua direção insanamente. O garoto, com medo de ferir o sr. Pantaleon, apontou a relíquia para o chicote, que logo foi transformado em cinzas. Sem nada nas mãos, o górgula grunhiu, pois sabia que aquilo era uma relíquia. Mas não poderia simplesmente sair correndo, afinal, se tratava de cumprir a missão para a qual fora criado. Bufou e resolveu ir ao embate corporal. Com a metade do seu tamanho, Olivie não retrocedeu. Precisava enfrentá-lo de alguma forma. Enquanto a criatura se aproximava feito um touro em fúria, ele envolveu o cordão em sua mão e começou a correr de encontro. Sua amiga observava, atônita, ao longe.

— Olivie! — gritou Alana, fechando os olhos.

Ele se agachou, desviando por entre as pernas da criatura, porém a tempo de encostar a relíquia na fera, que caiu por cima de suas costas. Alana, então, se aproximou rapidamente. Era a primeira vez que olhava de perto para Olivie desde a sua captura.

— Olivie! Você está diferente. Seus cabelos...

— Meus cabelos o quê, Alana?

— Seus cabelos não estão mais castanhos, estão azuis como os de Violante.

Olivie foi olhar seu reflexo numa bacia de água próxima.

— Realmente, Alana, estou envelhecendo como vocês. Então... Era a mim, "o garoto dos cabelos azuis", a quem o Relojoeiro estava agradecendo pelas relíquias!

— Certamente que sim, Olivie, mas eu gostaria de lhe dizer que envelhecer não é o problema. De alguma maneira, todos nós passaremos por isso. O que não poderá ocorrer é nos esquecermos de que um dia fomos crianças, e que essa criança sempre habitará o nosso interior. Mas, olhe... o górgula!

Alana apontou para o górgula Pantaleon, que começava a ser envolto por uma luz brilhante. De repente, já não era mais um deles.

— Sr. Pantaleon, o senhor está bem?

— Olá, Olivie, que bom vê-lo! Onde estou?! Isso parece um grande pesadelo. Ai, minha cabeça — resmungou Florêncio. — A última coisa de que me lembro é de estar na floresta me sentindo estranho... E cá estou, com um gosto horrível de capim na boca, fedendo a casco de cavalo e com uma dor de cabeça enorme. Parece que levei uma pancada.

— Bem, depois eu explico, sr. Pantaleon. Precisamos ser rápidos, antes que a magia deste mundo tenha efeitos duradouros sobre todos nós e o nosso mundo. O senhor está com as chaves? Solte as outras pessoas.

O sr. Pantaleon bateu as mãos na cintura, pegou as chaves e, com a ajuda de Olivie e Alana, libertou os prisioneiros. Em seguida, procurando por armas, encontraram a sala esperada, mas no arsenal só havia lanças, a arma mais comum dos górgulas. Cada um pegou uma, menos Olivie. Empunhavam-nas e testavam-nas.

Precisariam delas para enfrentarem os górgulas e protegerem Violante e a relíquia.

— Alana, vá com eles até a vila, é preciso ajudar Violante e as meninas.

— Meninas? Então são mesmo? — indagou o sr. Pantaleon, surpreso por ser verdade o que elas o haviam dito.

— Sim! Nós lhe avisamos, mas pelo visto não havia acreditado — interrompeu Alana.

— Bem, eu já não desconfio de mais nada. Esse é um mundo muito diferente.

— Certamente, sr. Pantaleon – disse Olivie –, e se não quiser que este mundo se torne o nosso mundo para sempre, nem que sua esposa seja transformada numa górgula, é melhor se mexer.

— Olivie, eu vou com você! — declarou ele.

— Tudo bem, talvez eu precise de sua ajuda.

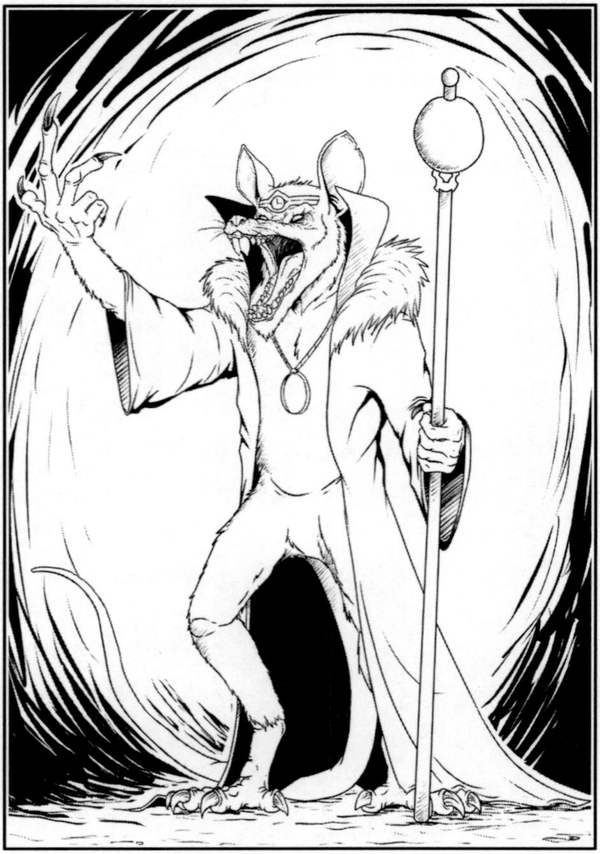

[...] the transformarei
numa estátua
de pedra...

CAPÍTULO 16

"Que coisa estranha!", reclamava o Relojoeiro ao notar que o pequeno relógio em sua coroa estava mais lento. "Isso só pode ser..." e correu para a sala de máquinas.

— Nãããããooooo! — gritou ele, fechando os punhos de tanta raiva.

A sala se encontrava vazia... Completamente vazia. Viu no chão uma poeira azul.

Aproximou-se, pegou um pouco e jogou ao ar, fazendo círculos sobre o seu cetro mágico. Tinha certeza: aquilo era resultado do uso de uma relíquia. Por alguns instantes, o Relojoeiro ficou pensativo.

Embora tivesse sofrido uma desvantagem, seus planos poderiam ter novas alterações a seu favor. Tinha justamente a relíquia de que precisava em algum lugar da sua fortaleza. A relíquia de Violante poderia ser desnecessária. Rapidamente, pegou uma das trombetas dos górgulas que estava pendurada ali perto. Aquelas trombetas eram feitas de chifre de astrax, uma espécie de carneiro daquele mundo, o que permitia um som de longo alcance. Os górgulas ainda se encontravam na floresta, quando ouviram aquele som ao longe. E, de imediato, começaram a retornar.

Farejando o ar nos corredores, o Relojoeiro sentia que o garoto ainda estava próximo dali.

— Apareça, Olivie, seu garoto medroso... Venha conversar comigo...

Nos corredores da torre, Olivie e Florêncio estavam procurando a sala do Relojoeiro, talvez lá pudessem encontrar as relíquias e recuperá-las.

— Sr. Pantaleon, ele já sabe de nós! — disse Olivie, ao ouvir a trombeta e os gritos de raiva.

Esgueirando-se entre os corredores escuros da fortificação, continuaram até chegarem à sala do trono. Era uma sala espaçosa, com um trono ao fundo e uma mesa redonda parecida com um relógio de sol, onde repousavam relíquias de diversas formas e tipos, inclusive as que as meninas-senhoras prepararam para Olivie; todas ocupavam um lugar específico, como os números de um relógio. Mas havia um lugar vago.

Ao chegarem à sala, tudo estava muito silencioso. Havia penumbra nos cantos e somente uma luz direta do sol iluminava a mesa com as relíquias. O sr. Pantaleon entrou com Olivie, mas resolveu ficar a poucos passos da soleira de entrada. O garoto seguiu sozinho, de forma cautelosa, mas antes de chegar à mesa, ouviu uma voz:

— Ãn-ãn. Seja bem-vindo, Olivie, mas não toque em nada.

— Como sabe meu nome? — perguntou ele, sem saber de onde vinha aquela voz.

— O que eu não sei sobre este mundo? Fui eu quem o criei, meu jovem garoto. Já fui do seu mundo também. O mundo dos humanos é mau, eu sei. Observe como nele há ganância, há indiferença, há diferenças entre as criaturas. O que eu quero, Olivie, é apenas um mundo melhor... para todos.

— Não! Não pode ser, o mundo é mais do que isso.

— Pobre garoto! Não sabe nada da vida. Eu vivia numa pequena casinha com telhado de sapé. Morava com uma senhora que sempre me reservava uma deliciosa fatia de queijo e sementes. Até que, um dia, bateram em nossa porta. Ela recebeu um ramalhete de lírios do campo, flores belas, mas quando os cheirou, caiu desmaiada. Eu não soube o que fazer, e logo uma multidão carregando tochas, ferramentas e paus se amotinou em frente à porta, gritando: "bruxa". Puseram a porta abaixo. Levaram a senhora e nunca mais a vi. Daquele dia em diante, as flores me davam pavor e me traziam lembranças trágicas. Contudo, não acabou por aí. Logo depois, eles voltaram. Enquanto ladrões vasculhavam a casa, viram-me na cozinha e me perseguiram. Chamavam-me de animal asqueroso e diziam que não poderia estar ali. Eu corri por entre as prateleiras da despensa, e os frascos de poções que ali havia caíam sobre mim toda vez que tentavam me atingir com algum objeto. Corri em direção ao carrilhão, completamente ensopado de poções. E foi quando o relógio da sala começou a badalar, fazendo-me subitamente desaparecer. Veja tudo isso que me aconteceu, garoto... E você vem me dizer que o seu mundo é mais do que a maldade dos humanos?

— Sim, continuo acreditando, pois acredito no amor que aquela senhora tinha por você quando lhe reservava um pedaço de queijo.

— Você só diz isso porque nunca foi perseguido. Aqui não! Nunca um górgula foi mais do que uma gralha. E quero expandir isso para o seu mundo.

"Como Violante já deve ter lhe contado, faz muito tempo que venho arregimentando crianças para sairmos daqui, por meio de um portal que se abriria na torre assim que conseguisse o número suficiente de crianças. Mas você dificultou as coisas, libertando-as! Todavia, existe um outro modo, um pouco mais difícil e imprevisível pela escassez das relíquias, é claro. Mas como você, por outro lado, me trouxe logo duas, pude pensar em completar a sequência. Reuni os górgulas em maioria para que pudessem trazer Violante e a relíquia faltante. A garota foi uma das primeiras crianças a chegar a este mundo, assim como John, o garoto linguarudo, que transformei logo numa estátua de jardim. Até então ela detinha a última relíquia conhecida, mas vejo que estava errado. Você ainda tem mais uma."

— Certamente que tenho, e agora sei muito bem como utilizá-la. Mas talvez o senhor tenha razão. Meu pai foi embora assim que nasci, e eu era tão pequenininho. Como ele pôde? A humanidade talvez não mereça a nossa compreensão.

O Relojoeiro esboçou um sorriso.

— Não, Olivie! — gritou o sr. Pantaleon, que ouvira tudo, apreensivo, na entrada da sala. Uma cauda de macaco acabara de lhe surgir novamente.

— Cale-se, verme! Ou lhe transformarei numa estátua de pedra, antes que volte a se transformar num górgula — ameaçou o Relojoeiro.

— Afinal, qual seria o preço para que pudéssemos sair todos sãos e salvos deste mundo à sua maneira? — perguntou Olivie.

— Bem, eu só preciso da juventude de vocês, crianças, e isso me manterá vivo para reger a ordem do mundo; dos adultos, quero apenas que me ajudem, pois serão todos iguais num mundo sem diferenças. Eu prometo!

Olivie ficou em silêncio. Fechou os olhos. Em sua mente vieram todas as opiniões sobre o que ele deveria ou não fazer, sobre como ele era ou deveria deixar de ser. Sobre sua mãe, Jasmim, o sr. Pantaleon, as opiniões dos seres daquele mundo. Até que...

— Jamais, Relojoeiro! Cale-se! — disse ele, estupefato.

— Então, vejo que não há escolha. — Enquanto falava, saía das sombras um enorme rato, com o triplo do tamanho do garoto. — Se prepare para pagar por sua escolha, seu insolente! — bradou ele, carregando o cetro.

Tomado por um sentimento de coragem e altruísmo, o sr. Pantaleon apareceu de forma inesperada.

— Olivie, diga à Magnólia e à Jasmim que eu as amo... — E deu um sobressalto. Com a lança na mão, correu em direção ao Relojoeiro, que lhe apontou o cetro mágico.

— Nãããããooooo! — gritou Olivie, desesperado.

O Relojoeiro acabara de transformar o sr. Pantaleon em pedra.

— Oh, não, Olivie! Olha o que acaba de fazer com seu amigo — zombou, em tom sarcástico. — Você poderia ter facilitado as coisas. Esse seu amigo deu a vida por você.

— Não, não fui eu... eu não pude evitar.

— Ora, ora, Olivie, acabe com tudo isso, quantas vidas mais a sua resistência poderá custar? Ainda é tempo de se entregar. Entregue-me a sua relíquia!

— Não, eu não vou desistir! — E então o Relojoeiro retomou o lançamento dos raios mágicos com seu cetro.

Embora seu coração estivesse aflito, algo dizia em seu interior que não era desistindo e indo para o lado mais fácil que tudo se resolveria da melhor maneira.

O Relojoeiro disparava muitos raios na tentativa de acertar o garoto. Pedaços do teto, das paredes e do chão se desprendiam. Ora Olivie se escondia atrás dos objetos da sala do trono, ora se defendia com os poderes da relíquia.

Em meio à floresta, uma batalha estava prestes a acontecer. Armados com as armas dos górgulas, as crianças libertas estavam indo em direção à vila, enquanto o exército de górgulas retornava à torre para atender ao chamado do Relojoeiro.

Os dois grupos estavam frente a frente. Estavam no campo dos espinheiros, que em grande parte se encontrava seco.

Alana estava à frente do grupo, e em sua cabeça passava um turbilhão de pensamentos. Talvez estivessem fugindo por muito tempo.

— Chegaaaaaa... — Saiu com sua lança, gritando, rompendo o silêncio no campo dos espinheiros, rumo aos górgulas. Eles eram maiores, porém as crianças eram a maioria. Os dois grupos deram início a uma batalha.

— Ah, Olivie... Tudo poderia ser tão diferente. Com a abertura do portal, voltaríamos todos para casa. Veja! — Apontou o aro do seu colar, que projetou uma imagem do campo dos espinheiros. Bem nesse momento, Alana foi atingida por uma lança de górgula.

Os olhos de Olivie encheram-se de lágrimas. Ele sentiu vontade de gritar, mas apenas cerrou os punhos com muita força.

— Nesse momento, as crianças que você libertou estão lutando contra os górgulas. Não se derramaria uma gota de sangue, mas você preferiu assim.

— Não, eu não quis assim. Violante me disse que saberia encontrar a chave na hora certa.

— Ah! Violante. Bem, e você acreditou nela.

Enquanto falava e a imagem era projetada, o Relojoeiro baixou o cetro mágico. Olivie pôde ver que um raio de sol iluminava a mesa, justamente no ponto em que faltava uma relíquia. Olhou à sua volta e viu um pedaço de pedra ali perto. De frente para o Relojoeiro, porém distante, disse:

— Você quer isto? — E retirou o cordão com o coração em âmbar. — Então venha buscar.

Olivie colocou a relíquia no chão. O Relojoeiro correu e, antes que pudesse pegar ou lançar algum feitiço, o garoto apanhou a pedra e triturou o âmbar de pindorion, contrariando todas as recomendações. Uma explosão de energia foi liberada e uma luz ofuscante fez com que todos caíssem no chão.

A coroa do Relojoeiro desintegrou-se. Ele começou a diminuir e diminuir, e de três vezes o tamanho de Olivie, não passava, agora, de uma criatura de poucos centímetros. Transformou-se num pequeno camundongo, sem poderes mágicos e que tampouco conseguia carregar o cetro. Apenas guinchava e corria para procurar esconderijo.

Subitamente, um pedaço do teto se desprendeu, caindo sobre ele.

No campo dos espinheiros, a batalha cessava aos poucos, quando perceberam que algo estava acontecendo. O feitiço sobre os górgulas e as crianças começava a se desfazer. Os górgulas se transformavam nos adultos que eram, e as crianças tinham de volta a tonalidade de seus cabelos. Aqueles que jaziam no campo de batalha voltavam à vida.

O sr. Pantaleon começou a brilhar, deixando de ser uma estátua de pedra. E tudo o que o Relojoeiro tinha criado estava se desfazendo, menos a Torre do Relógio.

Olivie pegou uma trombeta de astrax e a tocou, deixando soar uma melodia diferente. Todos caminhavam rumo à torre.

Violante e as meninas da vila ouviram a trombeta e perceberam que não era o som da caçada. Estavam todas na praça em que se encontrava a estátua de John, quando observaram que ela ganhava vida novamente. O garoto tomava fôlego.

— John, meu amigo! Olhe, Quitéria — gritou Violante, animada. — Meninas! Olivie obteve sucesso!

— Meninas! — exclamou John. — Então estamos livres? Tudo acabou?

Quitéria, emocionada, assentiu com a cabeça.

— Sim, enfim vamos voltar para casa — declarou Violante.

Todas as crianças se abraçaram e formaram uma roda. Deram as mãos, e Violante, com a relíquia renovada por um novo brilho, as transportou para a Torre do Relógio.

Nesse meio-tempo, todos com suas devidas características apareceram na Torre.

Olivie, contente, abraçava Alana, que também voltara a viver. Estavam próximos à mesa do relógio onde o local vago ainda era iluminado pela luz do sol. Violante se aproximou e depositou ali sua relíquia. Todos estavam agradecidos.

A verdadeira chave daquele mundo eram as relíquias, mas não o objeto em si.

Elas sintetizavam e simbolizavam os sentimentos mais nobres da humanidade, e justamente um garoto, contrariando todas as recomendações, mas seguindo o seu coração, soube utilizar a chave da melhor maneira para encontrar a solução.

Após colocar a última relíquia na mesa, a torre começou a ruir. Todos se abraçaram e uma grande luz iluminou toda a sala, levando cada um de volta para sua casa, no seu tempo próprio, numa bela manhã.

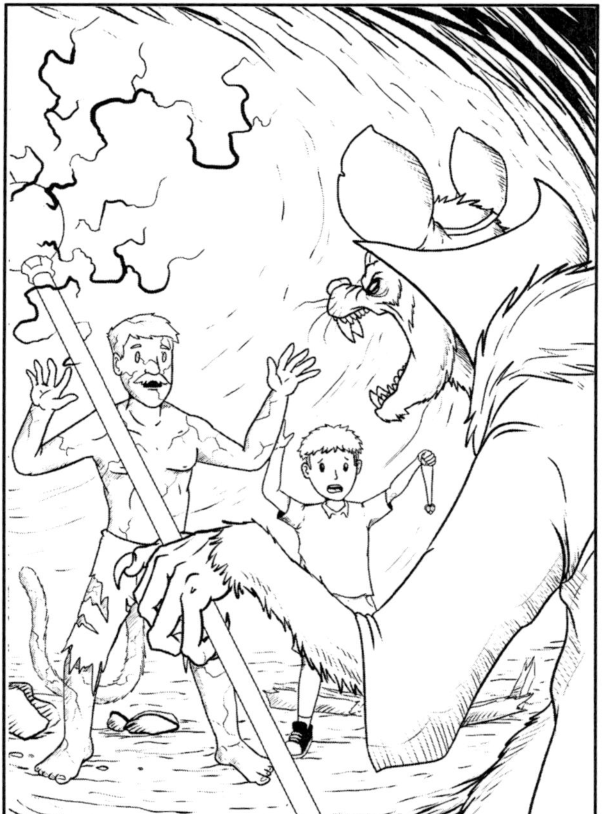

[...] diversão
não tem idade.

CAPÍTULO 17

— **B**om dia, mãe! Vou convidar a Jasmim para brincarmos com um jogo de tabuleiro. Escolhi "Gato e Rato", acho que ela vai gostar.

— Muito bom, Olivie. E a propósito, se sente melhor?

— Ah, sim, mãe. Novinho em folha. Como disse o Jacinto, eu sou duro na queda.

— Olá, minha filha. Bom dia — disse o sr. Pantaleon para Jasmim, que aparecia na janela do seu quarto, em frente ao jardim onde ele se encontrava, recolhendo a bagunça da chuva. — Por que você não chama o seu amigo Olivie e não vamos todos tomar um sorvete e brincar no parque? Está um sábado maravilhoso.

— Mas, papai, você não vai ter que cuidar do jardim?

— Sim, mas eu posso fazer isso depois. Agora vamos todos aproveitar este lindo sábado.

— Olá, sr. Pantaleon. Como vai o senhor? — perguntou Olivie, da calçada.

— Bem... Chegue até aqui, queremos lhe fazer um convite.

Enquanto o sr. Pantaleon falava e mexia ao mesmo tempo nas latas de lixo espalhadas, de repente, saltou um camundongo. Ambos se assustaram e acompanharam o animal que ia em direção à árvore de jequitibá, mas virou-se e foi para o esgoto.

Os dois pareciam se lembrar de algo e correram para olhar a árvore de jequitibá.

O sr. Pantaleon a examinou de cima a baixo e Olivie também, procurando alguma rachadura, buraco ou seiva. Não encontraram nada. A árvore estava intacta, saudável, firme e com botões cor-de-rosa, somente. Nada além de uma árvore comum de sua espécie.

O sr. Pantaleon virou-se para o garoto e disse com voz baixa:

— Muito obrigado, Olivie.

— O que vocês estão fazendo? — questionou Jasmim, saindo da casa. — Por que estão escutando a árvore?

— Você não se lembra, Jasmim?

— Do que deveria me lembrar, Olivie? Que você caiu ontem bem aí? E, a propósito, está melhor?

— Sim, estou totalmente recuperado... — E, voltando-se para o sr. Pantaleon o garoto respondeu baixinho: — Oras, não precisa me agradecer.

De repente, uma melodia agradável começou a tocar. Eles se assustaram. Era um som parecido com o de uma caixinha de música.

O sr. Pantaleon pegou o garoto pelas mãos.

— Bom, quem aí gosta de sorvete? - Respiraram aliviados ao verem que a música vinha do carrinho de sorvetes que apontava na esquina. — Depois, Olivie, chame sua mãe e Jacinto. Magnólia! — disse em tom mais alto, para que ela pudesse ouvir ao longe. — Hoje vamos todos ao parque, porque diversão não tem idade.

E todos caíram na gargalhada, correndo e brincando de um lado para o outro.

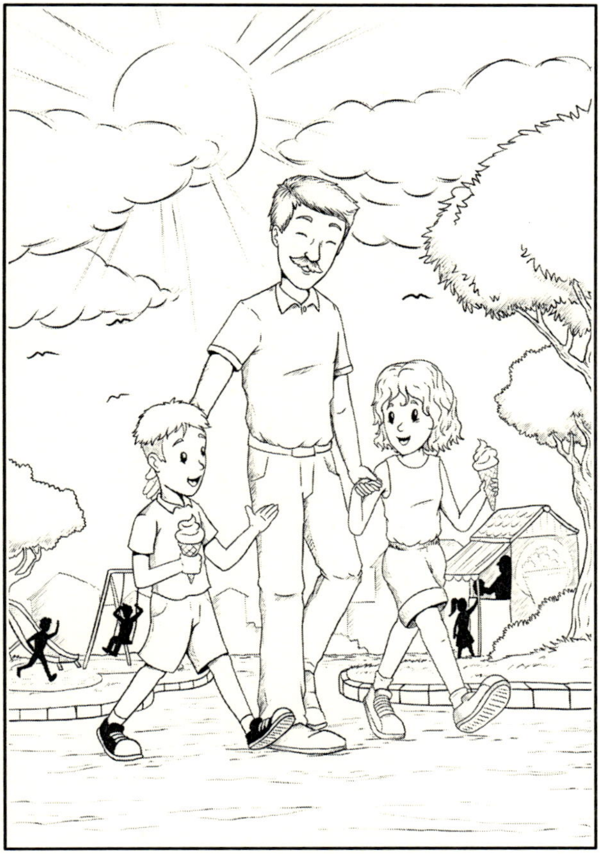